RAINER GROSS
ZEUGENBERG

Er ist nach zwanzig Jahren zurück in der Heimat. Hier soll alles besser werden. Aber die Heimat bedeutet auch die Konfrontation mit seiner Geschichte, mit den ersten Träumen von der weiten Welt und seinem Suizidversuch. Vor allem die Beziehung zu dem geliebten und gehassten Vater muss geklärt werden. So wird es vorerst nichts mit dem friedlichen Lebensabend in der Heimat, und er muss die Frage neu beantworten, wer er ist und wer er als Schriftsteller sein kann.

Der dritte Band des Schriftsteller-Zyklus von Rainer Gross.

Rainer Gross, Jahrgang 1962, geboren in Reutlingen, studierte Philosophie, Literaturwissenschaft und Theologie. Heute lebt er mit seiner Frau als freier Schriftsteller wieder in seiner Heimatstadt. Er wurde 2008 mit dem Friedrich-Glauser-Debütpreis ausgezeichnet.

Bisher sind rund siebzig Titel von Rainer Gross erschienen. Zuletzt veröffentlicht: Novemberland (2023); Schafsgezwitscher (2023); Das heiratende Mädchen (2023); Jesus trinkt den Kaffee schwarz (2024); Café im Hof (2024); Seminaristenblues (2025); Jahrtausendwende (2025); Gezeitenwechsel (2025)..

Rainer Gross

Zeugenberg

Roman

Bibliographische Information der Deutschen Nationalbibliothek:
Die Deutsche Nationalbibliothek verzeichnet diese Publikation in der Deutschen
Nationalbibliographie; detaillierte bibliographische Daten sind im Internet über
http://dnb.d-nb.de abrufbar.
Verlag: BoD · Books on Demand GmbH, Überseering 33, 22297 Hamburg,
bod@bod.de
Druck: Libri Plureos GmbH, Friedensallee 273, 22763 Hamburg
Umschlagfoto: © YAYImages
ISBN: 978-3-7693-7831-3

Denen, die's angeht.

Das Leben ist eine Reihe von Tagen,
einer hinter dem andern.

James Joyce

Die Trabantensiedlung am Rand der Stadt Übernachten im einstigen Jugendzimmer in der Wohnung seiner Eltern. Nun ist nur noch der Vater da. Er ist ein über achtzigjähriges Männlein geworden, das ihn mit großen, manchmal verwunderten Augen anschaut. Der Vater ist froh, dass sie jetzt bei ihm sind, zeigt seine Zuneigung in tausend Besorgungen, hat Wurst geholt vom Lieblingsmetzger, frische Brezeln, Cola in Literflaschen. Sie werden bis morgen bleiben, wenn der Umzugslaster aus Hamburg ankommen wird.

Am Morgen trinkt er auf dem Balkon der väterlichen Wohnung einen Becher Kaffee und raucht zwei selbst gedrehte Zigaretten. Die Albberge sind vom Nebel verhüllt, Nieselregen, es ist kalt. Die Wohnungsübergabe macht der Eigentümer, der gegenüber wohnt, ein feiner alter Herr aus Rumänien, pensionierter Mathematiklehrer. Die Wohnung ist sein Augapfel, er will vieles renovieren, neue Fenster, neue Rollläden, vielleicht eine neue Küche, wenn Sie erst einmal fünf Jahre hier sind, sagt er. Sie warten im Auto an der Straße auf den Laster. Ringsum lauter Eigentumswohnungen, die Häuserblöcke erschreckend nah, eingebaut wie im Baukasten denkt er. Die beiden Hochhäuser geben einen Hauch von Großstadt. Seine Frau fremdelt. Hierher zu Besuch zu kommen, zu seinen Eltern, an den Feiertagen, ist eine Sache. Aber jetzt wohnen sie hier! Er hat Angst, dass seine Geschichte hier, seine Kindheit und Jugend und die Studienjahre, ihn einholen. Die Familiengeschichte, die unglückliche erste Liebe, wegen der er nach Melbourne ging. Sein Suizidversuch damals, mit zwanzig. Nicht umsonst, denkt er, bin ich nach Melbourne geflohen und später nach Hamburg. Siebenhundert Kilometer Abstand. Kurz wünscht er sich die Unbelastetheit des Nordens zurück. Ein Omnibus fährt auf der Hauptstraße vorbei, hält an, lässt Leute aussteigen, großformatige Werbung an den Flanken, er kennt den Bus, er kennt die Linie, er kennt die Haltestellen, und daran wird ihm klar, dass er gar nicht in der Fremde ist. Es sieht sich nur alles neu an. Kein Schatten der Vergangenheit. Ein Neuanfang. Gerade als seine Frau aussteigt, kommt der Laster.

Er hat sich für eine Pause auf den Balkon zurückgezogen. Der ist noch ohne Möbel, nackter Beton. Er trinkt einen Becher löslichen Kaffees und raucht eine Zigarette, schnippt die Asche auf den Boden. Es wird ihm zu viel, der ganze

Trubel. Die Zerstörung der Ordnung, die Auflösung um ihn her, die Ausgesetztheit. Er hat eine der kleinen blauen Pillen genommen, um es nicht an sich heran zu lassen. Seine Frau gibt die Anweisungen an die Umzugsarbeiter, wo welcher Karton hin soll. Innerlich ist er fassungslos. Wir sind wirklich hier!, sagt er sich. Wir *bleiben* hier. Es ist endlich vorbei! Er hat schon einmal im Voraus die Aussicht. Den Hausberg sieht man über dem Mietblock linkerhand, die Albberge in einer Lücke, den Vulkankegel über dem nächsten Hausdach. Die Häuser stehen dicht beieinander, behüten, bewachen einander. Hier bin ich aufgehoben, sagt er sich. Man kann sich in die Fenster gucken, und bei Anbruch der Dämmerung, wenn die Lichter angehen, senken sich überall die Rollläden. Wege führen von Haus zu Haus, allenthalben gehen Frauen mit Einkaufstaschen oder Fahrräder schiebend hin und her, im Grenzwall der Gärten alte Büsche und Bäume, ein Fußballtor, ein Trampolin, eine Rutsche. Wer hier wohnt, erkennt er, hat gekauft oder will bleiben. Er schaut den Menschen zu, ruht auf deren Alltag aus, ihrem beruhigenden, sicheren Alltag.

Dann sind sie allein. Die Menge der Kartons und das Ausmaß des Chaos machen sie mutlos. Sie verlassen das ungastliche Heim und gehen in der Stadt essen. Tiefgarage, nächtlich beleuchtet. Hinaus treten auf den Marktplatz, Fachwerkhäuser, Passanten, die Lichter vom Weihnachtsmarkt. Ein literarischer Augenblick, denkt er. Eine literarische Stadt ist sie, seine Heimatstadt. Mit neuen Augen gesehen, vor einem weiteren Horizont als früher. Weggewesen zwanzig Jahre. Rückkehr nach einem Abstecher in die weite Welt. Nominell Großstadt, weil sie mit den eingemeindeten Dörfern ringsum über die hunderttausend Einwohner kommt. Aber sie ist keine Großstadt. Nicht mit Hamburg zu vergleichen. Hinter dem mittelalterlichen Tor zur Altstadt, einem Tapas-Lokal und einer Sushi-Bar finden sie ein griechisches Schnellrestaurant, das offen hat. Kein heimeliger Ort heute Abend, aber sie haben Hunger. Sie verzehren gierig Gyros mit Pommes und Tsatsiki. Sie sind auf keinem Ausflug: kehren nicht wie sonst zu den Eltern heim: Sie haben das Recht der Ansässigen.

Nachts wacht er auf. Vier Uhr, ungewohnte Umgebung. Das Schlafzimmer noch kahl, voller Kisten, die Wände nackt. Er ist unruhig. Er steht vorsichtig auf, damit er sie nicht weckt. Aber das Aufsein bringt nicht viel. In der Küche findet er die Dose mit dem löslichen Kaffee nicht, der Rechner ist noch nicht angeschlossen, er kann nur fernsehen. Er raucht eine Zigarette und schaltet wieder aus. Als er ins Bett geht, merkt er, wie erschöpft er ist.

Am Morgen wacht er mit dem Gefühl auf, ein neues Leben begonnen zu haben. Kein unwirklicher Traum: Es ist alles real. In der Wohnung ist es dunkel, weil sie überall die Rollläden herab gelassen haben. In Hamburg hatten sie nur Jalousien. In der Küche zieht er den Rollladen hoch und blickt hinaus auf das Nachbarhaus, auf Gebüschreihen und das Hochhaus dahinter. Zwei Stockwerke über dem Plattenweg, hinten auf dem Balkon sind es drei. Ein guter Platz, denkt er. Wie die Kommandobrücke eines Schiffes. Da werden sie gemeinsam kochen können. Die Küchenzeile geht ums Eck, alles ist in Reichweite. Über dem Ceranfeld-Herd eine Dunstabzugshaube. Das Beste aber, denkt er, ist der Geschirrspüler. Er öffnet ihn und schaut hinein. Drehbare Spritzdüsen oben und unten, Stellgitter aus Kunststoff, der aufklappbare Spülmittelbehälter. Er ist zufrieden.

Sie fahren zu jenem Supermarkt, in dem sie bei ihren Heimatbesuchen immer einkauften. Sie könnten jubeln: was es hier an Heimatlichem alles zu kaufen gibt! Sie kaufen beim Bäcker Flammende Herzen, knusprige Brezeln, Kimmicher und ein Bauernbrot; im Markt finden sie Spätzlesmehl, Birnenmost, geschnittene Lyoner für Wurstsalat, die geschnittenen Gurken dazu gibt es auch; sie finden geräucherte Landjäger und bekommen an der Wursttheke alles, was sie in Hamburg vermisst haben. Manchmal fällt er in seine Gewohnheit zurück, Hochdeutsch zu reden, um verstanden zu werden, aber die Verkäuferin und die Kassiererin ermutigen ihn mit ihrer Mundart. Er fühlt sich wohlig von Heimat umgeben: Jede Straße, jedes Haus, die Menschen, alles schaut ihn freundlich an. Eine Grundgeborgenheit, denkt er, die in Hamburg ständig gefehlt hat.

Zuhause schließt seine Frau den Rechner an. Sie ist gelenkiger als er und kann hinter den Computer kriechen, um die Kabel anzuschließen. Währenddessen isst er eine Butterbrezel und trinkt eine Tasse löslichen Kaffees. Hinterher sitzt er am Schreibtisch und schreibt in sein Tagebuch, was in den Umzugstagen geschehen ist. Ein völlig neues Schreibgefühl. Durch das Fenster sieht er auf das Haus gegenüber, sieht in die Küchen, die Esszimmer hinein, die Eingangstür, ein sonnengelb bemaltes Haus mit Dachterrasse. Es ist dämmrig draußen, in den Fenstern noch kein Licht. Sie warten auf den Techniker, der das Telefon freischalten wird. Beim Hantieren und ersten Einrichten in der Wohnung muss er an Heidegger denken: die Entstehung eines Zeugzusammenhangs. Jedes Ding braucht seinen Platz, wo es aufgehoben ist und man es wiederfindet. Die Ordnung entsteht zuerst unter der Hand, später nach Plan. Im Augenblick kostet jede Verrichtung noch Überlegung.

Um fünf klingelt es. Der Postbote bringt ein großes Paket, die Tees, die er noch in Hamburg bestellt hat. Er ist erleichtert: Sie sind tatsächlich auffindbar. Sie haben eine Adresse hier. Zurück im Wohnzimmer empfängt ihn das gemütliche Licht der Lampen, der Geruch nach Zigarettenrauch und die Wärme von der Heizung. Seine Frau kommt aus dem Keller, wo sie die Waschmaschine geputzt hat. Wir müssen bald eine neue kaufen, sagt sie. Der alte Toplader tut's nicht mehr lang.

In der Küche lassen sie die Beleuchtung unter den Einbauschränken brennen. Küche und

Klo stehen offen, damit sie mitbeheizt werden. In der Stube brennen die Lampen: die Tischlampe auf dem Bücherbord, die Tiffanylampe auf dem noch leeren Teeregal und die Schreibtischlampe. Der Fernseher läuft, draußen ist es dunkel geworden. Sie haben ein paar neue Programme, die Kabelbelegung ist anders als im Norden. Sie lassen den Rollladen herunter und machen es sich gemütlich.

Der Abend hat begonnen. Er liegt auf dem Sofa und raucht, wie er es immer getan hat, aber nun tut er es hier unten. Er spürt die Nachbarn ringsherum, das Eingebettetsein, fühlt sich wie ein Bauklotz, eingefügt am richtigen Platz. Allmählich kann er sich fallen lassen. Er trinkt Mineralwasser aus einer hiesigen Quelle, es sprudelt und ist kalt. Im Fernsehen schauen sie einen Reisebericht über Nepal. Jetzt, am zweiten Abend, fühlt er es genau: Die Wohnung wird ein gemütlicher Bau sein, in den er sich zurückziehen kann. In Hamburg lebte er auch sehr zurückgezogen, verließ nur zum Einkaufen und für Arztbesuche das Haus. Hier wird das anders sein, denkt er. Hier sind Straßen und Landschaft vertraut. Er wird wieder Streifzüge auf der Schwäbischen Alb unternehmen, wie früher im Studium, sie werden Ausflüge machen, sie werden nicht nach Fehmarn und Schleswig fahren, aber an den Bodensee und in den Schwarzwald. Einen Kachelofen wünscht er sich noch. Wie im Mumintal, denkt er: den Bauch voll Tannenadeln und hinterm Ofen Winterschlaf halten. Sie sitzen auf dem Sofa, er hält sie im Arm, gibt ihr einen Kuss.

»Ich habe dich heute«, sagt er, »nicht oft genug geküsst.«

»Dann hol's nach!«, sagt sie.

Ihre Lippen sind ein wenig spröde, er riecht ihre Haut, spürt die Wärme ihres Körpers. Deshalb sind wir hier, denkt er: um gemeinsam zu leben.

Nachts ist sie schon im Bett. Er sitzt noch am Rechner, im Licht der Schreibtischlampe, und schreibt. Er hat im Fernsehen einen Bericht über eine Schäferin in den Cevennen gesehen, Carole heißt sie, in ihren Stiefeln und dem tarnfleckigen Umhang, die rote Mütze weißgesprenkelt vom Schnee. Andere Leben, denkt er wieder. Andere Existenzen. Ein Blick durch ein Fenster, eine fremde Geschichte. Als sie im Haus sitzen und essen, ist Carole ein schmalschultriges Mädchen mit kurzen, verwuschelten Haaren und derben Händen. Sie stapft mit ihren Gummistiefeln durch den Schnee und trägt unter dem Umhang ein Hundewelpen mit sich herum. Bilder, die sich ihm einprägen, die ihn berühren. Das Leben anderer Menschen, die ihr Auskommen haben in dieser Welt.

Am nächsten Tag ruft der Vater an. Bald ist Weihnachten, sagt er. Er feiert ja Weihnachten nicht mehr, seit die Mutter gestorben ist.

»Für mich allein kaufe ich keinen Baum«, sagt er, »und ich koche auch nicht«

Er sitze dann auf dem Sofa, habe eine Kerze brennen, schaue fern und denke daran, wie es früher war, als sie noch da war. So können sie ihr eigenes Weihnachten feiern, wie sie es die letzten Jahre in Hamburg getan haben.

Wohnen hat viel mit Gewohnheit zu tun, fällt ihm auf. Das Entscheidende am Alltag ist nicht, dass man, was man braucht, findet und zur Hand hat, sondern dass man das im Schlaf kann. Buchstäblich: Nach dem Aufstehen denkt er nicht viel. Er sollte sich nicht bei jedem Handgriff darauf konzentrieren müssen, was wo ist, wo es in welches Zimmer geht oder wo der Lichtschalter ist. Das Gewohnte ist, denkt er, wenn man im Alltag für die alltäglichen Dinge keine Überlegung braucht. Wenn man den Kopf frei hat für anderes. Aber den Weg ins Bad muss er bewusst gehen, nur um die Bürste zum Haarekämmen zu holen. Der Zahnputzbecher ist nicht einfach greifbar, der Wasserhahn muss umständlich eingestellt werden. In der Küche beim Kaffeemachen muss er jeden Gegenstand eigens suchen. Der Gang durch die Räume der Wohnung ist wie ein Hindernislauf. Das hemmt ihn, wenn er noch nicht ganz wach ist. Er will schlafwandeln durch die Welt, wenigstens so lange, bis er sich Aufgaben stellen kann.

Heute wollen sie bei der Bank ein neues Konto eröffnen und die Versicherungsbestätigung abholen, um das Auto ummelden zu können. Bevor sie aufbrechen, führt seine Frau ihn ins Schlafzimmer und zeigt ihm die Aussicht, die sie künftig haben werden. Der Nebel hat sich gelichtet, durch das Fenster sehen sie den Hausberg und den Vulkankegel und dazwischen den überraschend vielgestaltigen Albtrauf.

»Von Bergen umgeben«, sagt sie, »das habe ich mir gewünscht.«

Das freut ihn.

Sie spazieren die Alteburgstraße aufwärts, die so heißt, weil man von der Stadt her kommend einen alten Burgberg auf der Braunjuraterrasse kilometerweit thronen sieht. Er kennt die Straße aus seiner Kindheit. Der Schreibwarenladen, in dem er immer seine Comics kaufte, ist jetzt ein besserer Kiosk. In dem Café gegenüber, das den Eltern eines Klassenkameraden gehörte, frühstücken sie. Croissants und zwei Tassen Schokolade. Das Sitzen im Café ist wie das Sitzen im Alsterpavillon, nur nicht mitten in einer Millionenstadt, sondern an der belebten Peripherie mit Blick auf die vorgelagerten Albhöhen. So gefällt ihnen das Stadtleben.

Am Nachmittag geht sie in die Stadt zum Landratsamt. Sie stellt sich bei ihrer neuen Stelle vor und meldet sie beide gleich an. Nun ist er offiziell Bürger der Stadt. Wieder. Nach zwanzig Jahren. Es ist, als knüpfe er an damals an, ein roter Faden, der nun anders fortgeführt wird. Er selbst hat sich durch die Abwesenheit verändert. Die Stadt auch.

Zuhause schaut er nachmittags, wie schon in Hamburg, gern Dokumentationen. Filmberichte und Reportagen über ferne Ländern und fremde Kulturen. Die Vielfalt der Welt. Er sammelt Wissen und Ideen für irgendwelche künftigen Romane.

Er schreibt Skizzen. Miniaturen. Wirklichkeiten, wie er es nennt. Vielleicht sind es Fingerübungen, vielleicht kann er sie irgendwann verwenden. Niemand liest sie. Er ist vom Schreiben nachdenklich geworden. In der kahlen Wohnung setzt er sich aufs Sofa und trinkt einen Becher löslichen Kaffees. Er würde gerne eine Tasse Tee trinken, aber der ganze Teekram ist noch in Kisten verpackt. Ich schreibe Romane, denkt er, die mein Agent nicht vermitteln kann. Ich sollte konventioneller schreiben, empfiehlt er mir, mehr auf Verkäuflichkeit achten. Er kann sich noch erinnern, wie er in Hamburg einen Roman über die große Mandränke im siebzehnten Jahrhundert geschrieben hat. Er konnte sich der Katastrophe nur über eine ungewöhnliche Montagetechnik nähern. Der Lektor wünschte sich aber einen gewöhnlichen historischen Roman und schickte ihm Beispiele aus dem Verlagsprogramm. Manchmal fragt er sich, ob er nicht über seinen Schatten springen sollte. Aber er kann es gar nicht. Er kann gar keinen konventionellen Roman schreiben. Er hätte keinen

Reiz und keine Motivation dabei. So geht es immer. Er ist unsicher. Wie viele warte ich auf den großen Durchbruch, denkt er. Den Millionenbestseller. Blauäugig. Er stellt eine einfache Rechnung an: Sein Erstling hat sich zehntausendmal verkauft. Das sind bei rund einem Euro pro Buch zehntausend Euro. Über mehrere Jahre hinweg. Seine Frau dagegen verdient das Dreifache in einem Jahr. Man müsste, rechnet er, einen Bestseller schreiben mit einer Auflage von mindestens hunderttausend, und das alle drei Jahre, um halbwegs auf das Jahreseinkommen eines mittleren Angestellten zu kommen. Er kann zum gemeinsamen Lebensunterhalt wenig beisteuern, dabei bleibt es. Das ist die Realität, sagt er sich und seufzt. Da kannst du Wirklichkeiten schreiben, wie du willst.

Abends telefoniert seine Frau mit der Telefonstörungsstelle, wie sie den Rooter konfigurieren kann. Dass sie das nach diesem anstrengenden Tag, nach den letzten Wochen, dem Umzug und dem wenigen Schlaf noch leisten kann!, staunt er. Müde geht sie ins Bett, und er kommt auf dem Sofa ins Grübeln. Sie leistet Enormes, denkt er. Er weiß, dass er das allein nicht leisten könnte. Dann bekommt er Angst. Nicht dass sie ihm plötzlich zusammenklappt!

Er würde ihr gerne etwas abnehmen und kann es nicht, schämt sich dafür, sie tut das alles ja, um ihm so viel wie möglich abzunehmen. Er bekommt Schuldgefühle. So schlimm ist deine Krankheit nun auch wieder nicht, sagt er sich. Du musst dich einfach mehr zusammenreißen. Dann wirft ihm die Stimme in ihm vor, dass er sich im Grunde sein Leben lang vor der Arbeit gedrückt habe. Dass er seine Borderlinestörung als Ausrede benutze. Dass er einen Teilzeitjob annehmen sollte und Geld verdienen, VHS-Kurse geben, Vorträge halten, Workshops anbieten, wie der Freund in Hamburg es tut. Aber er weiß, dass das nicht die Stimme Gottes ist. Es ist die Stimme der Anderen, die ihm ein Leben lang eingeredet haben, dass er nichts tauge. Fünfunddreißig Jahre Selbstanklage. Er spürt wieder, wie die sichere Welt, in die er sich zurückgezogen hat, zusammenzubrechen droht, wie aller Friede sich als Lüge enthüllt, sein Blickwinkel verrückt wird und statt der harmlosen Welt eine bedrohliche Fratze enthüllt. Er weiß, was vorgeht. Seit sieben Jahren hat er die Diagnose. Früher verzweifelte er, weil er sich selbst nicht verstand, weil er nicht wusste, woher diese Abstürze kamen. Nun weiß er, dass das alles wieder vorbei geht und die Welt sich wieder zusammensetzt. Er muss nur so lange durchhalten, ohne zu verzweifeln. Er betet zu

Gott. Stoßgebete. Sein Glauben wird auf eine harte Probe gestellt. Immer wieder muss er da hindurch. Jeder Tag eine Gratwanderung. So einen Tag zu überstehen, hat der Neurologe in Hamburg gesagt, kostet Sie so viel Kraft wie einen Gesunden ein Achtstundentag. Daran will er sich halten.

Nachts um halb zwei wird er wach nach einem unguten Erschöpfungsschlaf. Er steht leise auf, versucht, seine Frau nicht zu wecken. Im Wohnzimmer sitzt er verdrossen in der Unordnung, zwischen herum stehenden Kartons und herrenlosen Gegenständen. Er schaut fern und zählt insgeheim seine gerauchten Zigaretten.

»Ich bin schwach«, sagt er leise vor sich hin, mit gefalteten Händen und geschlossenen Augen. »Ich habe wenig Kraft. Deswegen hat es in meinem Leben nicht zu mehr gereicht. Die Gaben hätte ich gehabt. Aber diese Krankheit frisst mich auf.«

»Ich will aus deiner Kraft leben, aber du gibst mir gerade so viel, dass es für einen Tag reicht. Ich lebe von deiner Gnade, ganz sicher. *Lass dir an meiner Gnade genügen*, sagst du zu Paulus mit seinem Stachel im Fleisch, *denn meine Kraft ist in den Schwachen mächtig.*«

»Du bist ein Gott, der den Schwachen hilft,

statt von ihnen zu fordern. Du bist meine einzige Rettung. Deshalb glaube ich an dich.«

Dann schaltet er den Fernseher ein und schaut einen Spätfilm.

Der Hausberg ist aus dem Nebel getreten. Er steht groß und weithin über der Stadt, zu Füßen des Albtraufs. Er ist ein sogenannter Zeugenberg, Einst ragte die Albhochfläche bis hierher; die Erosion trug sie ab bis auf den widerständigen Rest, der nun als erdgeschichtlicher Zeuge dort steht. Er kennt sich mit der Geologie seiner Heimat aus. Der Berg ist für ihn ein Kennbild, ein Markenzeichen, wie der Fuji in Japan. Er hat unter ihm seine Kindheit und seine Jugend verbracht, ist auf seinen Gipfel gestiegen, mit den Mopeds auf ihm herum gefahren. Er war immer da, ein Wächter seines Lebens. Er ist tatsächlich ein Zeuge, denkt er. Ein Zeuge der Stadt, ihrer Geschichte, aber auch meiner Geschichte. Er wird auch ein Zeuge unseres Lebens hier sein. Wie wir uns hier einrichten, wie wir durch die Straßen gehen, wie wir unseren Alltag bewältigen. Er sieht ihn durch die Balkontür, eingerahmt zwischen Betonpfeiler und Türrahmen im Hochformat. Er hat Lust, eine kleine Wirklichkeit darüber zu schreiben. *Die erste Ansicht des Zeugenberges,* denkt er in Anlehnung an Hokusais *Hundert Ansichten des Berges Fuji*. Er könnte die Ansichten sammeln und ein kleines Büchlein daraus machen, eine Dokumentation unseres Lebens, denkt er.

In der Wohnung unter ihnen spielt sich ein kleines Kinderdrama ab, jeden Abend zur Bettgehzeit. Es sind drei Jungs einer iranischen Familie, der Jüngste vielleicht ein verzogenes Prinzchen, vielleicht verstört und traumatisiert, er weiß es nicht. Jedenfalls kreischt und brüllt er, als ginge es um sein Leben. Rennt durch die Wohnung, die Mutter hinterher, sie schreit auch, ein gedämpftes Gezeter durch die Wände tönend wie Wasserrauschen oder Staubsaugerlärm. Macht es ihm auf seltsame Weise wohnlich. Er tut ihm leid, der Kleine. Dass er es so schwer nimmt. Dass er sich so auflehnt gegen den Lauf der Dinge. Es stört ihn nicht beim Schreiben.

Auf der Anrichte in der Küche eine halbvolle Ketchupflasche, ein Schraubenzieher, ein Mokkakännchen. Strandgut aus den Tagen des Umzugs. Er hat Lust auf Tee, aber dazu muss er Kisten auspacken, die er erst einmal finden muss.

Die Gummistiefel aus Hamburg stehen in der Diele, neben dem Schuhregal. Die Schaftöffnungen fordern auf zum Hineinschlüpfen. Das schlappe Gummi, die Verstellbänder, das Markenzeichen, die wuchtigen Profilsohlen. Sie verheißen etwas: Bald wird er über die winterkarge Hochfläche wandern, durch kahles Gezweig brechen, die Sohlen poltern über anstehende Knaupen und schmatzen in nassen Wiesen, der Himmel wird niedrig sein und der Wind böig. Das erfüllt ihn mit gleichmütiger Geduld. Nichts drängt. Es wird von selbst kommen.

Allmählich richten sie sich ein. Regale werden aufgebaut, Schränke aufgestellt, Kartons ausgepackt und der Inhalt an seinem Platz untergebracht. Es wird wohnlicher. Er stellt ein Bücherregal im Wohnzimmer auf, eines in der Diele und eins im Schlafzimmer. Es sind immens viele Bücher, mindestens dreißig Kartons. Es wird lange dauern, bis er die Ordnung wiederhergestellt haben wird, eine Neueinteilung muss warten, bis alles andere eingeräumt ist. Die antike Kirschholzkommode, die er von seiner Mutter hat, kommt wieder ins Schlafzimmer, und es passt seine gesamte Wäsche und Hosen hinein. Von eins bis drei herrscht im Haus Mittagsruhe. Deshalb lassen sie das Herumfuhrwerken in der Wohnung bleiben und gehen einkaufen.

Sie fahren die Alteburgstraße aufwärts, biegen dann bei der katholischen Kirche rechts ein. Er liebt diese Straße. Sie steigt vom überbauten Bachtal stetig an bis zu ihrem Kamm auf der Höhe der Pomologischen Gärten, wo 1984 die Landesgartenschau stattfand. Von dort sieht man den Zeugenberg über der Altstadt stehen. Rechterhand eine backsteinerne Fabrikanten-villa aus der Gründerzeit hinter alten Fichten, ein Park mit schönen Bäumen, der neoklassizis-tische Bau seines früheren Gymnasiums. Und von dort fällt die Straße steil hinab zu beampel-ten Straßenkreuzungen, zur Durchgangsstraße und dem Omnibusbahnhof vor den Toren der Altstadt. Eine Panoramastraße, ganz gewiss, denkt er. Das wird er jetzt bei jeder Fahrt zum Einkaufen haben.

Als es Abend wird, drängt es ihn vom Super-marktparkplatz zurück in die Wohnung. Jetzt schnell heim, denkt er, aber als sie in die obere Einfahrt der Trabantensiedlung einbiegen, denkt er: Wieso denn? Ich bin doch schon da-heim.

Als er am Herd steht, schaut er aus dem Fenster. Dahinter ist es blau, er sieht hoch oben die Lichter des Hochhauses, erleuchtete Fenster, hinter denen die Menschen ihren Feierabend begehen.

Der Vermieter ist unglücklich, weil er in der Wohnung raucht. Er hat versäumt, einen entsprechenden Passus in den Mietvertrag aufzunehmen, und bittet ihn jetzt darum, auf dem Balkon zu rauchen. Die Vormieter hätten das auch getan. Auch im Winter? Das glaubt er zwar nicht, und der Vermieter hat keinen Rechtsanspruch darauf, aber um des lieben Friedens willen gibt er nach. Auf dem Balkon am Umzugstag hat es ihm ja gefallen, dort ist gut sein, und bald gewöhnt er sich daran, bei jeder Zigarette nach draußen zu gehen. Dadurch raucht er weniger nebenher. Außerdem ist es besser für seine Frau, wenn sie nicht dauernd passiv mitrauchen muss. Er nimmt probeweise auf dem Drahtgitterstuhl Platz, den sie schon in Hamburg hatten, und macht den Reißverschluss der dicken Jacke zu. So ist es auszuhalten. Dann dreht er sich eine Zigarette und macht die ersten Züge. Er merkt, dass er konzentrierter raucht. Nur beim Fernsehen, abends und mittags bei den Filmreportagen, wird es ihm fehlen.

Liegen im Bett. Der kleine Lichtkreis der Klemmlampe. Noyuri aus Tôkyo zieht in eine eigene Wohnung, weil ihr Mann nicht nur eine Geliebte gehabt hat. Gebratene Udon und ein Sandwich in einem Imbiss. Nachdenklich streicht er mit dem Finger über die neutapezierte Wand. Das ist nun unser Schlafzimmer, denkt er. Da oben über das Bett muss noch ein Relief von Dürers *Betenden Händen* hin, denkt er. Am besten Bronze. Wie früher bei seiner Oma in der Dachwohnung, als er immer bei ihr unter der Federdecke lag und ihren schweren, warmen Leib im Rücken spürte.

Im Fernsehen Containerverladung im Hamburger Hafen. Er sieht die riesigen Schiffe, die Ladebrücken und Van-Carrier, die Kaianlagen und das graue Hafenwasser wieder. Dort war ich, sagt er sich und spürt ein bisschen Stolz. Am Tor zur Welt. Ich habe die Welt gesehen, über den Tellerrand geschaut. Ich bin einmal hier aus der Heimat heraus gekommen. Das nimmt ihm niemand mehr. Nein, denkt er, ich habe kein Heimweh danach.

Er liegt auf dem Sofa und liest. In der Wohnung rattert irgendwo ein Rollladen. Schritte auf dem Parkett, ein leises Pfeifen. Sie ist aufgestanden. Später klimpert der Löffel im Becher. Gleich wird sie herein kommen mit ihrem Morgenkakao in der Hand.

Die Platanenreihen an den Ufern des *Canal du Midi*. Der Schleusenwärter schweißt in der Freizeit skurrile Figuren. Zwei junge Frauen sind auf dem Weg nach Carcassonne, die Eine in Leggins und mit Pferdeschwanz fängt das Haltetau auf und zurrt es fest. Fremde Länder hier und anderswo, heißt die Reihe, die Titelmelodie gemahnt an unbekümmerte Nachmittage und heitere Reiseerlebnisse. Draußen ist es grau.

Nachts um drei. Es regnet in Strömen. Das ist gut, denkt er. Er sitzt auf dem Balkon in seinem Drahtgittersessel und fühlt sich körperlich elend. Abwechselnd schwer und niedergedrückt und zittrig und aufgewühlt. Heute Nacht, denkt er, führen alle Wege, alle Gedanken und Gefühle nirgends hin. Ich brauche es gar nicht zu versuchen. Darin steckt auch eine Erleichterung. Er kann nur warten auf den einen Weg, den Gott ihm auftun wird, heraus aus der Sackgasse. Er muss an das Lied von Paul Gerhard denken: *Der Wolken, Luft und Winden, gibt Wege, Lauf und Bahn, der wird auch Wege finden, die mein Fuß gehen kann.* Das macht ihn ruhig. Er steht wie im Rahmen einer geöffneten Tür und versucht heraus zu finden, wohin der Weg führt. Er weiß, es wird ein guter Weg sein.

Die Sache mit seinem Agenten ist eine Sackgasse. Er verliert allmählich die Geduld. Er schreibt und schreibt und hofft mit jedem übersandten Manuskript, dass der Agent es vermitteln wird. Er weiß, dass er Prioritäten setzen muss und tut das auch, lässt den Agenten maximal zwei Titel vertreten, aber das ändert nichts. Wie viel der Agent für ihn tut, kann er nicht einschätzen, aber es ist ihm angesichts der Vielzahl der Manuskripte zu wenig. So viele Romane, die er gerne veröffentlicht sehen würde, stapeln sich nutzlos. Seit vier Jahren hat er kein Buch mehr heraus gebracht, sein Name ist wieder vergessen.

Da erinnert er sich, dass er im Netz einmal auf einen Verlag gestoßen ist, der einem seine Bücher veröffentlichte ohne Lektoratsprüfung, aber gegen eine Kostenbeteiligung. Damals waren das dreihundert Mark, zu viel auf Dauer.

Heute recherchiert er neu und findet eine Reihe von sogenannten Print-on-Demand-Verlagen. Im Grunde ein alternatives Verlagskonzept: Der Verlag veröffentlicht das Buch, druckt aber jedes Exemplar erst, wenn es verkauft worden ist. Das verzögert die Lieferung um ein paar Tage, doch der Verlag muss nicht mit einer Auflage von tausenden Exemplaren in Vorleistung gehen. Wenn das Buch sich nicht verkauft, haben weder der Verlag noch der Autor einen finanziellen Schaden davon. Statt einer Druckkostenbeteiligung ist nur eine Monitoringgebühr von zwanzig Euro fällig, mit der bestimmte Dienstleistungen des Verlages abgedeckt werden. Die Aufnahme des Titels in die Nationalbibliothek, der Eintrag in die gängigen Literaturverzeichnisse, die Anzeige im gesamten Online-Buchhandel, die Konvertierung in ein E-Book. Der einzige Nachteil: Da der Verlag keine vorab gedruckte Auflage verkaufen muss, macht er auch keine Werbung für das Buch. Das muss man selbst tun oder dem Zufall überlassen.

Er überlegt ein paar Tage herum und bespricht sich mit seiner Frau. Er fragt bei seinem Agenten an, ob er solche Titel aus dem Repräsentanzvertrag heraus nehmen könnte. Er hat schon ein Buch, das seit Langem bereit liegt, eine Sammlung von Erlebnissen auf der Schwä-

33

bischen Alb aus der Zeit seines Studiums, als er viele Streifzüge unternahm. Als das Rechtliche geklärt ist, macht er sich daran, sich in die Veröffentlichung einzuarbeiten. Denn das muss der Autor selbst tun, wenn er nicht teures Geld für Verlagsdienste ausgeben will: aus dem Manuskript eine Druckvorlage machen, ein Cover entwerfen mit Klappentext und Barcode und dann beide Dateien auf dem Server des Verlages hochladen. Einerseits graut ihm vor den ganzen technischen Herausforderungen, andererseits freut er sich darauf, sein Buch so gestalten zu können, wie er will.

Die indigenen Salinenbauern in Peru. Frühmorgens werden die Kinder geweckt zur Arbeit in den Salzterrassen. Sie schaufeln das körnige Mineral aus der Bracke, sammeln es in Körbe, schütten es auf Haufen, wo es durchtrocknen soll. In Säcken wird es zu Fuß, an den Hangkanten entlang, zum Salzlager gebracht. Die Kollektive zahlt eine Sonderprämie aus, im Büro holt der Sekretär die Scheine aus einer alten Lade und drückt sie den Bauern in die schwieligen, schmutzigen Hände. Die Frauen stehen an in bunten Ponchos und mit steifen Strohhüten auf dem Kopf, Manche kauen Coca-Blätter. Sie zählen die drei Scheine sorgsam und unterschreiben mit einem Fingerabdruck. Die Scheine liegen neu und steif zwischen ihren rissigen, derben Fingern.

Er braucht diese ruhigen Fernsehmittage. Er sammelt Wirklichkeiten. Er sammelt Informationen und Geschichten. Seine Frau ist in der Wohnung zugange und setzt sich einmal neben ihn. Bald tritt sie ihre neue Stelle an, dann ist sie den ganzen Tag außer Haus. Bis dahin wollen sie, dass alles am Platz ist. Es tut gut, dass sie bisher alles gemeinsam einrichten konnten.

»Du wirst mir fehlen«, sagt sie.

»Du mir auch.«

Er blickt aus dem offenen Küchenfenster, die Ellbogen aufgestützt, kalte Luft im Gesicht. Im Nachbarhaus sitzt ein Mann auf der Terrasse, eine Decke umgehängt mit Filzpantoffeln, trinkt seinen Kaffee und raucht eine Zigarette. Als der Mann aufschaut, versäumt er zu grüßen und ein nachbarschaftliches *Guten Morgen* hinunter zu rufen.

Besorgungsmorgen. Im Baumarkt finden sie alles, was sie brauchen, und weit mehr: Kabelschellen, eine neue Tischlampe, eine Fußmatte, eine Schuhwanne für Matschstiefel, ein Teppichmesser, verschiedene Hygrometer, um die Feuchtigkeit in der Wohnung überwachen zu können, diverse Sorten Nägel, zwei Mülleimer für Bad und Toilette und einen Klorollenhalter. Er mag Baumärkte, auch wenn er kein Hobbybastler ist. Für ihn sind sie Hochburgen der Zivilisation, weil sie alles bieten, um das Leben praktisch zu bewältigen. Gerade wenn sie draußen in der Wildnis bei Mammutbäumen und Elchen stehen, denkt er. Als sie in ihre Wohnung kommen, sind sie erschöpft.

Beim Metzger im Supermarkt sucht die dicke Metzgersfrau den Preis für die Schupfnudeln, blättert in einer siebenseitigen Liste.

»Dô wird ma jô verruckt«, sagt sie und schimpft über ihren Mann, der alles im Kopf hat, aber nie greifbar ist.

»Er hilft mir ja net«, sagt sie, »'s dauert no an Moment.«

Sein Bruder ist zu Besuch. Auf einen Tee. Um sieben will er wieder zuhause sein, weil er wie jeden Samstag die Sportschau sehen will.

»Bis nächste Woche«, sagt er freudig, und

ihnen beiden geht die Bedeutung dieses Satzes auf.

Es hat sich vieles verändert, seit sie hier sind, aber nicht alles. Die Verdrossenheit, die Angstattacken, die Wutanfälle, der Unwille, das Haus zu verlassen – das alles ist geblieben. Die Umstände sind günstiger, er fühlt sich geborgener, aber die Frage bleibt: Was macht er mit seinem Leben? Wofür lebt er? Für das Schreiben? Das ist gerade eine Sackgasse. Immer noch. Dann nimmt er sich eines Nachmittags die Datei mit dem Albbüchlein vor und liest sie noch einmal durch, korrigiert Kleinigkeiten, schaut sich an anderen Büchern aus seinem Regal ab, wie das Impressum und die Titelei auszusehen haben. Auch den Hinweis aufs Urheberrecht schreibt er ab. Mit der Anleitung des Schreibprogramms findet er heraus, wie man die Seitenzahlen auf der Titelei verschwinden lassen kann und sie dennoch weiterzählen bis zur ersten Textseite, wo sie wieder erscheinen. Dann überlegt er sich das Format. Ein Taschenbuch soll es werden. Er studiert die Website des Verlages und stellt fest, dass Hardcover zu teuer wäre und den Ladenpreis unnötig in die Höhe treiben würde. Das Format der Taschenbücher in seinem Regal stimmt eher mit

dem angebotenen 12x19 überein als mit DIN
A5. Also formatiert er den Text auf das gewünschte Format um. Jetzt erst hat er die wahre
Seitenzahl des Büchleins, zweihundertfünfzig
Seiten, das geht in Ordnung. Er schaut die
12x19-Version noch einmal durch, ob der Satz
und die Absatzeinteilung stimmen. Dann je-
doch muss er feststellen, dass er keine Möglichkeit zur Konvertierung in eine pdf-Datei hat. Er
forscht nach einem Freeware-Programm im
Netz, aber da gibt es nichts Befriedigendes.
Dann findet er heraus, dass in der neuesten
Version seines Schreibprogramms ein pdf-Konverter eingeschlossen wäre. Ein Upgrade seines
Rechners ist überfällig, bald wird das alte Pro-
gramm nicht mehr unterstützt, und der Sup-
port ist eingestellt. Wenn er einen neuen Rechner kaufen würde, wäre die neueste Version seines Schreibprogramms gratis. Vor dem uner-
warteten Hindernis wird er mutlos. Das ist ihm
für heute zu viel.

Unverrichteter Dinge bricht er ab. So hat er
sich das nicht vorgestellt. Er bekommt Zweifel
an seinem Entschluss einer Print-on-Demand-
Veröffentlichung. Er würde sowieso nur Bücher veröffentlichen, für die bei herkömmlichen Verlagen wenig Aussichten bestehen.

Er steht vom Schreibtisch auf und geht auf
den Balkon. Er setzt sich in den Drahtgitter-

stuhl und dreht sich eine Zigarette. Tiefe Regenwolken verhängen den Albblick. Stiller Sonntagmorgen, der Zeugenberg ruht selbstzufrieden unter dem Gewölk. Eine Meise setzt sich aufs Balkongeländer und beäugt den Tisch, ob es etwas zu fressen gibt. *Die zweite Ansicht des Zeugenberges*, denkt er.

Das Einräumen der Teevitrine hat er sich bis zum Schluss aufgehoben, bis zu einer guten Stunde an einem freundlichen Nachmittag. Er setzt sich auf den Parkettboden in der Diele und räumt die leeren Fächer des Landhausschrankes ein.

Ins unterste und größte Fach kommen die Aromatees, bunt durcheinander, so bunt wie die Dosen. Er muss bis zu drei aufeinander stapeln.

Ins mittlere Fach stellt er die nichtaromatisierten Grüntees, an die linke Seite die Päckchen mit Mate, und dazwischen bleibt ein kleiner Raum für ein Stillleben: Bambuslöffel (*chasaku*), Teebesen (*chasen*) und Matcha-Döschen.

Ins oberste passen dann alle nichtaromatisierten Schwarztees, wobei er die alte Ordnung wiederherstellt: die Earl Greys in den Dosen mit der Krone nebeneinander, Ostfriesen- und englische Tees beieinander, eine Reihe mit

Tees aus Indien, vom Himalaya und aus China, und ganz rechts die teuren Darjeelings.

Das Einräumen des chinesischen Porzellans in die unteren Schrankfächer bleibt unvollständig.

Nach dem Waschen auf der Toilette riechen seine Hände süß nach Mandelmilch.

Am Abend bekommt er Durchfall und erbricht sich. Das ist kein Virus, das weiß er. Das ist die seelische Erschütterung durch den Umzug und die neue Umgebung. Im Wohnzimmer versuchen sie, es sich so gemütlich wie möglich zu machen. Wenn die Rollläden herab gelassen sind, wird das Wohnzimmer zur behaglichen Stube, die ihnen allein gehört. Der großformatige Fernseher, den sie von seinem Bruder geschenkt bekommen haben, liefert Bilder in hoher Auflösung und Fülle, nah, aufdringlich, zum Abtauchen. Das Teeregal neben dem Sofa, in dem er sich eine ostasiatische Ecke einrichten will, trägt schon eine Anzahl an Teeliteratur und die schwarze Raku-Schale, die er sich aus Japan hat schicken lassen. Nachts im Bett liegt er und liest. Die Leselampe ist genau passend ausgerichtet. Ja, denkt er, ich bin dazu da zu schreiben. *Write it, damn you, write it! What else are you good for?*, erinnert er sich. Joyce hat Recht, denkt er. Ich hatte Recht, als ich das zu meinem Lebensmotto erwählte. Ich bin dazu da, alles aufzuschreiben, was ich erlebe. Alles ist Stoff zum Weitergeben an die Menschen. Ich bin dazu da, über die Welt, über die Menschen, über das Leben zu schreiben. Über ihre Ungereimtheiten, ihre Janusköpfigkeit, aber auch über die wahre, bessere Welt, die durch alles hindurch schimmert. Über Gott, der die einzige Möglichkeit zum Leben ist, denkt er. Ich bin nicht Christ geworden, um in die Mission nach Neuguinea zu gehen oder Pfarrer zu werden oder in einer christlichen Organisation zu arbeiten. Ich bin Christ geworden, um über die Hoffnung zu schreiben. Dafür tauge ich, für nichts sonst. Und an der Wand neben dem Kopfende seines Bettes, hängen nun Dürers *Betende Hände*, in Bronze. Wie bei seiner Oma früher in der Dachwohnung. So soll es sein.

Der Resturlaub seiner Frau von Hamburg geht zu Ende. Ihr erster Arbeitstag. Sie arbeitet in einer Zweigstelle des Landratsamtes auf der Schwäbischen Alb. Ihr Arbeitsweg beträgt eine Stunde, ungefähr so lange wie in Hamburg. Sie wird um halb sieben wieder zurück sein. Dann ist es bereits dunkel. Das Arbeitsfeld ist ihr noch von Hamburg her vertraut, nur anders strukturiert. Sie kann im Grunde ohne Einarbeitung gleich anfangen. Es ist ungewohnt für ihn, nach der angefüllten Zeit der Zweisamkeit tagsüber wieder allein zu sein. Er vertreibt sich die Zeit am Rechner, schaut Dokumentationen, macht sich eine Kanne Tee, liest. Um vier Uhr beginnt er auf sie zu warten. Sie ruft an, bevor sie dort oben losfährt. Er betet, dass sie heil ankommt. Es liegt noch kein Schnee auf der Alb. Als sie nach Hause kommt, erwartet er sie wie immer an der Tür und begrüßt sie mit einer Umarmung. Sie muss sich zuerst umziehen und ihre Sachen verstauen, dann setzt sie sich zu ihm aufs Sofa und erzählt von ihrem ersten Tag.

»Viel gibt es eigentlich nicht zu erzählen«, sagt sie. Die Kollegen sind freundlich, die Arbeit gewohnt, der Chef lässt seinen Mitarbeitern freie Hand. Bis auf die weite Anfahrt ist sie zufrieden mit der neuen Stelle.

»Auf der Heimfahrt habe ich es eilig gehabt«, gesteht sie. »Ich wollte endlich bei meinem Bär sein.«

Sie machen sich ein paar belegte Brote und schauen nebenher die Nachrichten. Oben auf der Alb hat sie mittags Gelegenheit, etwas Warmes zu essen, sodass sie abends nicht zwingend kochen müssen. Das ist ihr recht. Der Tag war anstrengend, die ganzen letzten Wochen waren aufregend und anstrengend, sie ist froh, zuhause zu sein.

Morgentee. Eine Tasse Earl Grey am Teetisch in der Stube. Die Sonne bricht durch und gibt der Wolkendecke Umrisse. Der Zeugenberg flach und dunkel gegen das Grau, vollendete Kegelform, nur an der Südwestflanke hat er einen Knick. Dunkles Mosaik aus Wiesen und Bäumen, der Burgturm ein trutziger *omphalos* in der Waldlücke. Eingebettet liegt er vor den Albbergen, die ihn behüten als den Brückenkopf gegen das Vorland. *Die dritte Ansicht des Zeugenberges.*

Das Teewasser kocht. Aus dem Küchenfenster sieht er, wie eine Nachbarin auf ihre Terrasse tritt, in geblümtem Rock und wattierter Jacke. Sie bleibt an einem Tischchen stehen und raucht. Dann geht sie in Hausschlappen das Stück Rasen ab, das ihr gehört. Es ist durch einen Halbkreis aus zwei Bäumen und Sträuchern in Kübeln abgesteckt. Am Rand bei einer Steinplatte im Boden kippt sie eine Schüssel mit Brei ins Gras, schüttet Krumiges darüber.

Für die Katzen? Für die Vögel? Sie geht zurück und verschwindet im Haus. Er gießt den Tee auf.

Da er nun allein ist, nimmt er das Upgrade seines Rechners in Angriff. Sein Bruder ist schon in Rente und hilft ihm dabei. Gemeinsam fahren sie in die Innenstadt und holen den Rechner bei einer kleinen PC-Werkstatt ab. Der Preis ist günstig, sie können es sich leisten, es muss ja sein, sagt seine Frau. Den Mittag und Nachmittag über richtet der Bruder den Rechner ein, schließt die Kabel an, konfiguriert die Programme, überträgt die Daten vom alten Rechner auf eine externe Festplatte, sodass alles funktioniert. Das Einrichten des Mailkontos wird zur Gugelfuhr, weil sie das richtige Passwort nicht finden. Aber gegen Abend, als es dunkel wird, ist auch das gelöst. Er ist froh, dass er sich nun ernsthaft der ersten Veröffentlichung über Print-on-Demand widmen kann. Er erkundet das neue Schreibprogramm und findet tatsächlich den pdf-Konverter. Probehalber wandelt er die Datei des Albbüchleins gleich in das andere Dateiformat um, und als er sich das Ergebnis auf dem Leseprogramm anschaut, ist er zufrieden. Die Konvertierung hat eins zu eins geklappt, die Seitenzahl stimmt überein, nach einer Schnelldurchsicht auch die Absätze und der gesamte Satz, und er stellt fest, dass er die konvertierte Datei nicht noch einmal gründlich überprüfen muss, bevor er sie hochlädt. Aber das und die Einarbeitung in die Erstellung eines Covers verschiebt er auf später. Gerade als er den Rechner ausschaltet, kommt seine Frau.

Hammerschlag. Den Holzstiel in der Hand, das schwere Eisen in gefügigem Hebel. Der Nagel treibt sich glatt und leicht in den Hausputz. Das Thermometer hängt und zeigt nach einiger Zeit vier Grad.

Nun, da der Nebel verschwunden ist: Der Berg treibt wie ein Walrücken in der graublauen Tide des Wolkenmeers. Ein Drumlin fast, gleichmütig, verwurzelt im Vorland und doch ein Schiff unterwegs zu Vorzeitküsten. Auf dem Dach gegenüber sitzt eine Elster und wippt mit dem Schwanz. Das Gezweig der Esche ist kahl. *Die vierte Ansicht des Zeugenberges.*

Sein Vater ruft an. Er telefoniert wieder jede Woche mit ihm. Ob er mit ihm zum Metzger-

großmarkt fahren möchte, da gibt es Wurstend-
stücke spottbillig und fertige Mittagessen mit
großer Auswahl. Leberspätzle gibt es auch, die
mag seine Frau so gern, und er könnte sie sich
mittags in der Pfanne braten, mit Ei, wenn sie
auf der Alb ist.

»Also, dann rufsch mi oifach a«, sagt der Vater zufrieden.

»Bis bald«, sagt er. Es ist nur noch ein Kilometer zwischen ihnen.

Aus dem bedrohlichen Vater von früher, der
ihn verprügelte, als er sich gegen das Übernach-
tungsverbot seiner Freundin wehrte, ist ein
harmloses, bedürftiges Männchen geworden.
Der Vater ist still, zurückgezogen, kann aber,
wenn er unter Menschen ist und sich wohl-
fühlt, sehr leutselig sein, weiß er. Er nimmt die
Hilfe, die er braucht, gerne von ihm an. Das
große Zerwürfnis zwischen ihnen, seine Hass-
liebe, der Auszug aus der elterlichen Wohnung
zum Bruder, der Weggang nach Melbourne –
das alles liegt immerhin über dreißig Jahre zurück. Der Tod der Mutter hat auch einiges verändert. Und sein Abstand von der Familie, die
Jahre in der Fremde seit seiner theologischen
Ausbildung, haben die Last von ihm genommen. Haben eine Loslösung bewirkt, die ihm

jetzt zugute kommt. Das spürt er. Es geht ihm noch gegen den Strich, dass der Vater seine Hilfe braucht, er hätte ihn gern souverän und stark gehabt, aber sonst ist er gern mit ihm zusammen und lässt sich dessen Fürsorge gefallen.

Er brät die Maultaschen in der Pfanne, die sie von der Alb mitgebracht hat. Während die Abzugshaube brummt, öffnet er das Fenster. Draußen riecht es von irgendwoher nach Waschpulver. Im Hochhaus gegenüber leuchten die Fenster. Rechts sieht er die Lichter der Bungalows auf dem Höhenrücken, im Dunkeln darunter wischen Scheinwerferpaare auf der Straße zum Autobahnzubringer. Es scheint, denkt er, als wäre der Alltag hier literarischer. An sich ist er es nicht, aber hierher gehört der literarische Alltag endlich. Er ist eingebettet in eine Heimkehrgeschichte, in ein altes Herkommen oder eines, das er sich immer gewünscht hat. Was nun die literarische Distanz schafft, ist nicht mehr die Fremde oder das Außergewöhnliche, sondern der Fremdblick, der weite Horizont, mit dem er darauf schaut. Den hat er aus Hamburg mitgenommen, wie er es gehofft hat.

Während dem deutschen Mädchen Elisabeth Käsemann, der Tochter des bekannten Theologen, im Konzentrationslager El Vesubio ein Stromstab in die Vagina gesteckt wird, kicken die Nationalspieler auf dem grünen Rasen gegen Argentinien. Sie wussten nichts, hieß es. Neuberger wollte nichts unternehmen, um die Freude am Spiel nicht zu trüben. Man hätte Möglichkeiten gehabt, aber nichts ist geschehen. Der damalige deutsche Botschafter hielt das Mädchen für eine linke Terroristin, die selbst schuld sei an ihrer Verhaftung. Der Filmbericht macht ihn betroffen. An das Spiel kann er sich noch gut erinnern. Niemand hatte damals eine Ahnung. So kommt erst nach Jahrzehnten die Wahrheit ans Licht.

Sein Vater ruft an. Er erzählt, dass gestern Nacht im Halbschlaf seine linke Hand mit unmenschlicher Kraft versucht hat, ihn zu erwürgen. Das hat ihn verstört. Im Fernsehen ein Film über den romantischen Selbstmord eines Geigers.

Über den Albbergen geht die Sonne auf. Ein langer Wolkenriss, gefüllt mit apfelsinenfarbenem Licht, der Berg steht am Rand, flaumblau und blass, und hält sich zurück. Er schweigt, er döst. Er hält seine Wacht gedankenverloren. *Die fünfte Ansicht des Zeugenberges.*

Morgens hat es geschneit. Die Straßen sind frei, die Landschaft, die Hausdächer, die Bäume überpudert mit Schnee. Wie Puderzucker, erzählt sie ihm begeistert am Telefon, als sie oben auf der Alb angekommen ist, ihr seien die Tränen gekommen beim Fahren.

Der Vater holt ihn ab. Sie fahren hinaus ins Gewerbegebiet des Vorortes. Am Supermarkt hebt er am Geldautomaten hundert Euro ab.

»Lass nur«, sagt der Vater, »dees zahl dann i.«

Der Vater hat einen langsamen Schritt und scheut die Treppen. Es ist gut, mit ihm unterwegs zu sein, denkt er. Er freut sich, etwas gemeinsam mit ihm zu unternehmen. Der Vater klagt über seinen Ischias, er zeigt ihm die Übung, die ihm ein Schriftstellerkollege bei einer Lesung in Hamburg gezeigt hat. Er solle sein Knie schräg über den Bauch hochziehen.

»So weit komm i gar net mehr hoch«, sagt der Vater und lacht verschmitzt.

Drinnen zeigt der Vater ihm das Sortiment.,

49

Er genießt es wieder einmal, in der Heimat einzukaufen. Zwei Plastiktüten trägt er zum Auto und verstaut sie im Kofferraum. So also versorgt der Vater sich, denkt er, Tag für Tag. Als sie so stehen, beginnt es aus dem grauen Himmel wieder zu schneien. Einzelne Flocken.

»Dees hat er ja wollen«, sagt sein Vater.

»Wer?

»Der Mann im Fernsehen.«

Ein eindrücklicher Moment: das süddeutsche Klima, die raue Alb in Sichtweite, der erste Schnee, der Vater bei ihm, das wartende Auto. Er nimmt ihn bewusst wahr und merkt ihn sich. Für solche Momente ist er zurückgekommen.

Am Schluss lässt der Vater ihn aussteigen auf dem kleinen Parkplatz oberhalb der Wohnanlage.

»Das macht richtig Spaß mit dir«, sagt er und klopft dem Vater auf die Schulter. »Und vielen Dank nochmal«, sagt er zum Abschied.

»Kei Ursach«, sagt der Vater lächelnd und fährt los. Fährt zurück in seine einsame Wohnung im Häuserblock. Er dagegen trägt die Taschen die Treppen hoch, schließt die Tür auf, stellt die Tüten auf der Schuhbank ab und ist zuhause.

Er fragt sich, wie er mit seinem Vater umgehen soll. Er ist hilfsbedürftig, braucht manchmal auch beim Gehen Unterstützung, wünscht Zuwendung und Aufmerksamkeit. Er ruft jede Woche an und erzählt ihm, wie sein Tag verläuft, wo er einkauft, was er gegessen hat, was er im Fernsehen schaut. Er will für ihn da sein, auch wenn diese Gespräche ihn Kraft kosten. Das einsame, verunglückte Leben seines Vaters belastet ihn. Er fühlt mit, den Verlust der Mutter, stellt sich vor, wie es ihm ohne seine Frau erginge. Das ist immer das Problem gewesen, denkt er. Dass ich mich so sehr eingefühlt, so sehr mit ihm identifiziert habe. Die ganzen alten Geschichten fallen ihm ein. Wie der Vater versuchte, sich umzubringen. Wie er die Mutter geschlagen hat. Wie die Mutter Ehebruch begangen hat. Wie der Bruder sich mit ihm geprügelt hat. Wie er ihn als Kind immer geschlagen hat. Er hatte Angst vor ihm. Ich habe ihn gehasst, denkt er, aus dem Fenster blickend, aber ich wollte ihn immer lieben. Das hat mich nach Melbourne getrieben, so weit weg wie möglich. Und der Umzug nach Hamburg war genauso eine Flucht. Jetzt sitzt er wieder mitten drin. Das ist vorbei, sagt er sich. Jetzt habe ich keine Angst mehr vor ihm. Jetzt braucht er *meine* Hilfe. Ständig denkt er an ihn, wie es ihm wohl geht. Ob er sich einsam fühlt. Was er, der

Sohn, tun kann, tun sollte. Ob er die alten Verletzungen ansprechen sollte. Ob er versuchen sollte, das Vergangene zu klären. In der Familie hat man nie darüber gesprochen. Man fand einen Umgangston der Uneigentlichkeit, der ständig ausklammerte, wie man zueinander stand. Das muss anders werden, sagt er sich. Auch mit meinem Bruder muss ich darüber reden. Er hat sich angewöhnt, nicht mehr Vadder zu ihm zu sagen, sondern sagt einfach: I mog di, Babba! Das schwäbische *Babba* mit dem verschluckten A am Ende, das er als Kind immer benutzte. Damit die alten Geschichten ein versöhnliches Ende finden, denkt er, dazu bin ich zurückgekehrt.

Er lüftet quer durch die ganze Wohnung. Alle Fenster offen, es zieht herrlich. Das Hygrometer zeigt das Ergebnis. Sie wollen dem Schimmelbefall, den sie in der Hamburger Wohnung hatten, vorbeugen. Dann braust er die Zimmerpflanzen sämtlich in der Badewanne ab. Das Thermometer auf dem Balkon zeigt fünf Grad. Der Berg heute klar und schneelos vor qualmigem Wolkenhintergrund. Jede Einzelheit ist sichtbar, jedes Gesträuch, die wintergelben Wiesenhänge, der Stumpf des Turms. Eine filigrane Chiffre, die nichts als sich selbst bedeutet. *Die sechste Ansicht des Zeugenberges.*

Er geht langsam durch die Hofeinfahrt. Ringelbachstraße 208, dort hat er als Kind gewohnt. Das Psychiatrische Krankenhaus, das Altenpflegeheim, die früheren Franzosenkasernen, die nun Migranten beherbergen. Linkerhand der Hofeinfahrt erstreckt sich ein eingeschossiger Bau mit Flachdach. Hier war früher ein Getränkehandel, bei dem sie immer Süßigkeiten kauften. Manchmal schossen sie den Fußball aufs Dach, und einer musste hinauf klettern und ihn holen. Der Laden ist geschlossen, ein ausgebleichtes Schild steht im Fenster: *Bald Neuereröffnung.*

Rechts wohnten Bonifatius'. Und der alte Hellriegel, der immer im Wasenwald Pilzesammeln ging. Der Hof öffnet sich vor ihm. Ein kleiner Raum, heute. Nüchtern, leer. Voraus die Garage, neu gestrichen. Der Apfelbaum, unter dem sie das Sommerfest feierten. Krumm und alt, steht er immer noch. Die Wendeplatte, der Waschplatz, der Rasen mit den Wäschestangen und die Rückseite des nächsten Blocks.

Er geht langsam hinein.

Hier soll sich alles abgespielt haben?

Er schaut hinauf zum zweiten Balkon rechts über dem hinteren Haueingang. Da haben sie gewohnt. Jetzt Gardinen in den Fenstern und Topfpflanzen. Fremd, nichtssagend. Das Glas der Balkonbrüstung ist ersetzt worden durch Resopalplatten. Auf das Betonvordach über dem Eingang sind sie manchmal durchs Fenster im Treppenhaus geklettert. Streng verboten. Heute ein Kunststoffdach, auf das keiner klettern kann. Ein paar Kinder sitzen auf dem Rasen zusammen. Als er näher tritt, um die Namen auf den Klingelschildern zu lesen, ruft eines der Mädchen herüber: »Suchen Sie jemand?«

»Nein«, sagt er ohne aufzuschauen.

»Und was machen Sie dann hier?«

Ganz schön vorlaut, denkt er. Das hätte ich mich damals nicht getraut. Oder vielleicht doch.

»Ich schau mich nur mal um«, sagt er.

Er könnte dem Mädchen erklären, dass er hier als Kind gewohnt hat, vielleicht könnte sie, die selbst hier wohnt, etwas damit anfangen. Aber er ist nicht sehr gesprächig. Er will allein sein mit dem Wiedersehen. Von den Namen auf den Klingelschildern kennt er keinen. Die ausländischen dazwischen lassen erkennen, dass das Klientel der Mietblöcke gewechselt hat. Ob es noch immer dieselbe Wohnungsbaugenossenschaft ist, die die Häuser vermietet?

Er geht um die Garage herum. Hölzerne Tore, drinnen Beton und Maschendrahtabteile. Das weiß er noch. Das Dach aus Wellblech. Die große Weide ist verschwunden, er sieht den Stumpf im Gras, der Raum zwischen Haus und Garage nun eine leere Wiese. Die Böschung zum Bach hinunter, die ihm als Kind so steil vorkam. Das Bächlein dunkel und schmal, mit einem Schritt wäre er drüben. An die Rückwand der Garage haben sie immer den Plastikball geworfen. Solange er unterwegs war, musste man Aufgaben erfüllen: zweimal in die Hände klatschen, sich um sich selbst drehen, einen Hüpfer machen. Und dann den Ball wieder auffangen.

Die Pappel neben der Garage steht noch. Der Ast allerdings, über den sie immer auf das Dach geklettert sind, ist irgendwann abgebrochen. Ganz schön hoch, denkt er, für damals. Dass ich mich das getraut habe. Aber im Klettern war er immer gut. Der Waschplatz unverändert. Ein leeres Betonrechteck mit einem Mäuerchen drumherum, der Wasserhahn, aber alles geschrumpft, beliebig.

Das war's.

Er steht ratlos auf dem Waschplatz. Von hier aus könnte er hintenrum zum nächsten Block gehen, über die Wiese. Dort hat Martin gewohnt, sein Jugendfreund. Ihn würde interessieren, ob dessen Mutter noch lebt. Er könnte auf dem Klingelschild nachschauen. Aber er lässt es. Für heute reicht's.

Ein seltsames Wiedersehen. Was hat er erwartet? Dass hier noch die alte Zeit lebt? Der Ort ist nur ein Überbleibsel, eine anonym gewordene Zufälligkeit. Hier findet er nichts wieder. Das Vergangene ist wirklich vergangen. Er verlässt den Hof, steigt in seinen geparkten Wagen und startet den Motor. Er fährt Richtung Naturtheater, dort, wo der Wasenwald beginnt, und biegt dann rechts ab, wo es zurück zur Trabantensiedlung geht.

Sie fahren zum ersten Mal gemeinsam auf die Alb. Die Alb wartet geduldig auf ihn, hat er das Gefühl. Sie ist jetzt immer da. Sie sind nicht auf einer der vielen Heimatbesuche und müssen jeden Tag nutzen, sondern sie fahren einfach am Vierten Advent die Steige hinauf. Oben ist es weit und still. Sonne liegt auf den Wiesen, kaum Verkehr. Blick in die kahlen Buchenwälder, in denen schon kommende Frühjahre hausen, erste Blumen zwischen sprossendem Grün. Das gehört wieder zu meinem Leben, sagt er sich und kann es kaum fassen. Sie fahren zum Schloss Lichtenstein und wollen essen gehen. Der Parkplatz mäßig belegt, der Klettergarten bis April geschlossen, wie verlassene Kulissen eines Naturtheaters stehen die Plattformen, die Seilschaften, die Pfähle im Wald. Natürlich ist es einen Kittel kälter hier oben, seine Frau friert. Vor dem Eingang des *Alten Forsthauses* maunzt ihn eine Katze an und will gestreichelt werden. Drinnen eine steile Holztreppe in den ersten Stock, knarrender Dielenboden, Forststube. Er bestellt sich einen Teller Linsen mit Saiten und Spätzle. Sonntagsspaziergänger kommen und gehen, gekreuzte Degen an der Wand, Schwarzweißfotografien von Versammlungen des Forstvereins Anfang des vorigen Jahrhunderts. Der Blick durchs efeuumrankte Spitzbogenfenster auf ein helles, bewegtes Land, kahl und in pastellenen Winterfarben; weit hinaus schweift das Auge ins Vorland. Gegenüber setzen sich zwei Gäste, ein älterer grauhaariger Herr und eine junge Frau, keck gekleidet in blumenbedruckte Gummistiefel, schwarze Strumpfhosen und enge Shorts. Sie stellen Mutmaßungen an über die Beziehung der beiden. Vater und Tochter? Onkel und Nichte? Ein ungleiches Paar? Sie kuschelt sich an ihn, spitzt die Lippen zum Kuss, er versucht, sich ihre Geschichte vorzustellen. Sie reden nicht Mundart, kommen vielleicht von weither, werden hier übernachten oder machen einen Ausflug, schließlich holt er sein Moleskine aus dem Tagesrucksack und macht sich Notizen.

»Jetzt fängt das schon wieder an«, sagt seine Frau.

Er grinst. »Ich hab, was die Alb betrifft, einen großen Nachholbedarf«, sagt er.

»Wenn du im Frühling auf die Alb willst«, sagt sie, »lasse ich dir das Auto hier. Dann nehme ich den Bus. Du musst mir nur einen Tag vorher Bescheid sagen.«

»Das wäre schön.«

»Ich überlege sowieso, in Zukunft mit dem Bus zu fahren. Da bin ich kaum länger unterwegs, und im Winter ist es sicherer. Ich kann einen Zuschuss bekommen zur Monatskarte.«

Immer noch fällt ihnen die Mundart um sie herum auf, selbstverständlich ist sie noch nicht. Das Essen ist in Ordnung, die Linsen weich, die Saiten herzhaft, die Spätzle mit Biss. Sie überlegen, ob sie einen Spaziergang anschließen sollen, durch den alten Schlosspark zur Ruine des Alten Lichtenstein, aber seine Frau friert. Auf der Heimfahrt spüren sie es deutlich: Sie sind nicht auf Urlaub. Sie fahren jetzt heim in ihre Wohnung.

An der Alteburg vorbei liegt die Heimatstadt ausgebreitet vor ihnen, angeschmiegt an den

Berg, der sich markant über sie erhebt. Ein Wächter des Traufs, der das Vorland wie ein Wall behütet, imposanter Zeugenberg, geschichtsmächtig, sie leben zu seinen Füßen. *Die siebente Ansicht des Zeugenberges*, denkt er.

Wintersonnwende. Die längste Nacht des Jahres. Astronomischer Winteranfang. Er fühlt sich geborgener als oben im Norden. Irgendwie machen die Berge ringsum und die hunderte Kilometer festes Land bis hinauf zur Küste das Hiersein sicherer. Im Norden hat er sich durch die Nähe zum Meer immer ausgesetzt gefühlt. Hier ist die längste Nacht gemütlich, mit den Kerzen am Adventskranz, dem dampfenden Tee und der brennenden Schreibtischlampe. Seine Frau kann in der Probezeit keinen Urlaub nehmen, nach den Feiertagen muss sie wieder arbeiten. Sie sind beide nicht in rechte Weihnachtsstimmung gekommen und haben beschlossen, es dieses Jahr nicht eigens zu feiern. Sie müssten einen Baum besorgen und Geschenke und Dekoration, das ist ihnen zu viel nach dem ganzen Umzugstrubel.

»Nächstes Jahr«, sagt seine Frau, »kann ich vor Weihnachten Urlaub nehmen. Dann haben wir die Adventszeit für uns.«

In der Bäckerei in der Alteburgstraße will er für seine Frau ein Stück Zwiebelkuchen kaufen für wenn sie von der Arbeit kommt. Den gibt es aber nicht mehr.

»Die Herbstsaison ist vorbei«, sagt die Verkäuferin, »jetzt gibt's Weihnachtsgutsla.« In dem kleinen Laden drängen sich die Kunden. Ein alter Mann wird bemüht freundlich bedient, geduldig gewartet, bis er seine Wünsche äußern kann. Er ist enttäuscht. Er hat angenommen, dass es Zwiebelkuchen das ganze Jahr über gibt. Aber der Süden hat auch seine Saisonalitäten.

Der Klempner und der Vermieter beratschlagen in der Küche, welche Armatur eingebaut werden soll. Er lässt sie machen und zieht sich ins Wohnzimmer zurück. Dann fährt der Klempner in die Werkstatt, um die ausgesuchte Armatur zu holen, die Wohnzimmertür bleibt offen. Der Klempner ist ein fröhlicher Schwabe, der gewissenhaft sein Handwerk erledigt. Der Hahnarm ist alt und die Führung ausgeschlagen. Er hört etwas von vierzig Euro. Dann verabschiedet sich der Handwerker und betritt mit dem Vermieter dessen Wohnung, um die Bezahlung zu regeln. Er kann endlich die Tür hinter sich schließen und hat wieder seine Ruhe.

Die Kinder der Familie im Erdgeschoss lärmen im Garten. Sie fahren mit ihren Plastikautos die Wege hinunter, es rattert, langsam in Schwung kommend, dann schneller und lauter werdend. Er liegt auf dem Sofa und versucht zu schlafen. Als er aufwacht, ist es dunkel draußen und der Lärm vorbei. Halb sechs. Er macht sich einen Tee und setzt sich vor den Fernseher.

Er hat eine schlechte Nacht. Er hat gar nicht gemerkt, dass er geschlafen hat, oder besser: Er hat nicht das Gefühl, geschlafen zu haben, als er immer wieder aufwachte, ja, er hatte nicht einmal das Gefühl des Aufwachens. Nur ein zeitloses Liegen mit seltsamen Bildern im Kopf, deren Seltsamkeit er nur gelegentlich erkennt. Am Morgen ist er dumpf im Kopf und in sich versunken, in irgendwelchen abwegigen Gedankenwelten. Er schaut fern und schläft ab und zu ein. An Schreiben ist nicht zu denken.

Er ordnet das Regal in der Diele mit der Fachliteratur neu. Ein Regalfach mit asiatischer

Literatur: die chinesischen Klassiker, das *Taoteking* in drei Übersetzungen, Buddhas Reden, die Upanishaden, das *Shinkokinwakashu*, Dichter der Tang-Zeit, Literatur über Haikus, Bashôs *Narrow Roads*, Hiroshiges *Tokkaido*, Nô-Theater, japanische Ästhetik. Es tut ihm gut, sich mit seinen Büchern zu umgeben. Auf dem Balkon liegt der Zeugenberg hell, die Flanken leichtmütig im Grüngrau des Winters, wie Sommerverheißung. Sonne im Nacken, denkt er, der Felskranz an der Südwestseite leuchtet und überblendet den Turm, der als ein lichtes Gemäuer in den Hintergrund tritt. Auch die Albberge stehen im Licht, die kahlen Hangwälder geben einen samtigen Winterpelz. *Die achte Ansicht des Zeugenberges.*

Da ist sie wieder: die Enge der Heimat. Die schwäbische Spießigkeit, die eingeforderte Hausgemeinschaft, der Anspruch, ein vorbildlicher Mieter zu werden. Er macht sich in der Küche einen Tee. Er lehnt sich aus dem offenen Küchenfenster und ärgert sich über die Nachbarschaftsidylle ringsum. Für einige Augenblicke sehnt er sich nach Hamburg, zurück, nach der Leere des Nordens, nach der Bewandtnislosigkeit. Dort oben war er freier, tatsächlich. Nun muss er sich der emotionalen

Verstrickung in der Heimat wieder stellen. Er hatte am Telefon einen Streit mit seinem Bruder. Der wollte kommen, um ihm auf dem Rechner ein paar neue Programme zu installieren, die er übrig hat, aber er wollte das jetzt nicht. Er wollte seine Ruhe haben und hatte von dem ganzen Technikkram momentan genug. Er war froh, dass der neue Rechner lief und er arbeiten konnte. Der Bruder war gekränkt, sie verabschiedeten sich im Schlechten. Dann geht ihm auf, dass es nicht der Ort ist, sondern die Leute es sind, denen er sich stellen muss. Die Beziehungen klären und auf eine neue Basis stellen. Gestalten statt gestaltet zu werden. Grenzen ziehen. Seine Bedürfnisse äußern und einfordern. Konfrontationen in Kauf nehmen, denen er immer aus dem Weg gegangen ist. Das ist der eigentliche Grund der Enge: sie zurückweisen müssen mit ihren Ansprüchen an ihn und ihrer Vereinnahmung. Am liebsten hätte ich gar keine Gefühle, denkt er. Alles nur noch sachlich nehmen und auf Heimeligkeit pfeifen.

Er brät sich Leberknödel mit Ei. Der Vater hat heute angerufen und gefragt, ob er ihn zum Getränkeholen brauche. Er spürt hinter der Fürsorglichkeit die Vereinnahmung. Die Verbindlichkeit, die daraus entsteht. Wissen sie alle denn, was es heißt, mit einer Borderline-

Persönlichkeitsstörung zu leben? Haben sie eine Ahnung von den täglichen Kämpfen, den Ausweglosigkeiten und Abstürzen, mit denen er sich herum schlägt?

»Das müssen sie lernen«, sagt seine Frau am Telefon. »Dass du Grenzen ziehen musst. Dass du dich schützen musst. Sie sollen ruhig mal erleben, wie es dir in Wirklichkeit geht, jeden Tag.«

Diese Auseinandersetzungen, diesen emotionalen Würgegriff wollte er nie wieder erleben, und jetzt steckt er mitten darin! Das ist der Preis, sagt er sich, den ich zahlen muss. Aber um die Heimat zu entfrachten von den alten Strukturen, dazu bin ich ja hier.

Am Höhenhotel des Berges wird ein Feuerwerk abgebrannt. Klein aus der Entfernung, eine vertrauliche Festlichkeit tief im Abend, reglos gebiert der unsichtbare Berg Freudenmomente. *Die neunte Ansicht des Zeugenberges.*

»Im Grunde«, sagt seine Frau, »sind das alles Missbrauchsbeziehungen. Emotionaler Missbrauch. Ihr benutzt einander, um eure eigenen Bedürfnisse zu befriedigen, aber nicht in Anerkennung und Achtung der Person des Anderen.«

»Da mache ich wahrscheinlich keine Ausnahme«, sagt er. »Ich knüpfe mein kindliches Verlangen nach Geborgenheit und Anerkennung an diese Personen. Ich sollte das alles radikal beenden.«

»Du musst die Beziehungen nicht abbrechen«, sagt sie. »Du musst sie nur nüchterner sehen. Du musst souveräner werden, mehr du selbst sein.«

Ein hartes Stück Arbeit, denkt er. Gott muss mir dabei helfen.

Draußen Sonne und Wolken und milde Westluft. Im Fernsehen ein Bericht über das Julfest in Schweden. Er isst eine Brezel mit Butter und kehrt nachher mit dem Besen die Krümel vom Parkett.

Er spricht lange mit seiner Frau am Telefon. Über seine Schuldgefühle, wenn er die Erwartungen anderer enttäuscht.

»Kinder fühlen sich immer schuldig«, sagt sie, »wenn die Eltern sich streiten. Bei deiner Familiengeschichte ist es kein Wunder, dass du Borderline entwickelt hast.«

Er schweigt. Sie ist eine kluge Frau, denkt er.

Aber im Grunde ist ihm das alles zu viel.

Im Jahreskalender markieren sie die Termine für den Krämermarkt und die Große Kehrwoche im Haus. In der Stadt sehen sie die Albberge ganz nah. Die Heimatstadt ist wirklich das Tor zur Schwäbischen Alb, als das sie beworben wird. Allein fünf Steigen führen von hier aus hinauf auf die Albhochfläche. Durch das Turmwächtertor kommen sie über eine schmale Altstadtgasse auf den Marktplatz. Das Sushi-Restaurant bietet Mittagsboxen für vier Euro. Der Weihnachtsmarkt um die Marienkirche ist klein. Am Heilig Abend käme für sie die Christmette um zehn Uhr in Frage, wenn sie in die Kirche wollten. An einem Stand kaufen sie Weihnachtsgeschenke. In einem Seitenhof befindet sich ein kleiner Asia-Laden. In der Haushaltsabteilung des Kaufhauses besorgen sie eine Personenwaage, einen Schrubber und eine Garderobenstange für die Tür. Zurück am Auto, kann er kaum mehr gehen. Seine Beine tun weh, das Kreuz schmerzt, er ist es nicht mehr gewohnt. Müde kommen sie nach Hause. Er füllt sich ein großes Glas mit Spezi, lässt sich auf das Sofa fallen und schließt die Augen. Dann geht er auf den Balkon und raucht eine Zigarette. Er hat Lust, wieder einmal eine Pfeife zu rauchen, aber da muss er bis zum Sommer warten. Im Winter ist es auf dem Balkon zu kalt, um eine Stunde zu sitzen. Abends zur Krimiserie, die in Hamburg spielt, gibt es eine Tasse Weihnachtstee und ein Flammendes Herz.

Am Heilig Abend besuchen sie nachmittags den Vater. Es ist nicht weit, sie gehen zu Fuß. Auf dem Kredenz flackern die Glaslichtchen vor dem gerahmten Foto der Mutter. Immer noch. Als der Vater die mitgebrachte Uhr seiner Frau repariert, zittern seine Hände, aber er findet immer noch den richtigen Griff, das richtige Werkzeug. Dafür war der Vater zuständig, erinnert er sich. Damals als Kind. Vater machte alles wieder heil. Heute kann er manches immer noch. Dann sitzen sie auf dem Sofa, der Vater freut sich über die Krippe, die sie ihm vom Weihnachtsmarkt mitgebracht haben, erzählt von seinen Tagen. Sie haben Zeit. Sie werden nicht hier wohnen, nicht hier übernachten, sie werden nach zwei Stunden zurückgehen in ihr Eigenes, um ihren Heiligabend zu feiern.

Am Esstisch sitzen sie dann am Fenster. Draußen die Dunkelheit mit den hellen Nachbarfenstern und den lichterbesetzten Hochhäusern. Die Knödel sind fest, das Kraut weich, das Kaninchen knusprig, die Soße von auserlesenem Wohlgeschmack. Sämig, süß von Pflaumen und Äpfeln, rahmig von der Sahne, würzig von Rosmarin und Pfeffer. Kerzen brennen, ein bescheidenes Festessen. Dieses Jahr schenken sie sich nichts, Bescherung fällt aus, Kerzen am Baum auch, sie schauen im Wohnzimmer einen Film, dann geht sie ins Bett, während er noch aufbleibt und Tagebuch schreibt.

Am Weihnachtsmorgen sind die Häuser und Gärten mit Schnee geschmückt. Die Albberge stehen in schütterem Weiß, dort oben, wo die Wolken wohnen. Der Zeugenberg wie ein weißer Geist im Winterhimmel, umwoben von Nebeln, die Flanken bleich, das dunkle Gesträuch zeichnet eine geheimnisvolle Spur darin. Stille dort oben, Ferne, einsilbige Flüchtigkeit. Nach einiger Zeit schlägt der Berg Nebelschwaden um sich wie einen Mantel und verschwindet. *Die zehnte Ansicht des Zeugenberges.*

Sie gehen mit dem Vater und dem Bruder auf dem Übersberg essen. Die beiden haben die Tradition beibehalten, auch als die Mutter gestorben ist.

»'s isch schee, dass wir älle wieder beinand send«, sagt der Vater und lächelt verlegen. Nachher wandern sie vor zum Mädlesfels mit seinem Luginsland. Zum letzten Mal war er hier, als sie mit seiner Mutter essen gingen. Sie war vom Tod gezeichnet, musste im Rollstuhl sitzen, stand unter Morphium. Der Nebel hatte damals alles verschluckt. Heute ist die Sicht klar, die Sicht auf den Zeugenberg, eingebettet ins Vorland. Sie fahren in zwei Autos nach Hause.

Als er sich auf dem Sofa ausstreckt, das Familienessen noch in der Erinnerung, hat er auf einmal ein Weihnachts-Heizung-Winter-Heimat-Stube-Gefühl. Das ist uns das Wohnzimmer im Norden nie gewesen, denkt er.

Mit seinem Bruder verträgt er sich wieder. Sie reden darüber, dass er manchmal einfach seine Ruhe brauche, weil ihm alles zu viel werde. So lebe ich seit Jahren, sagt er. Du hast das hier unten nur nicht mitgekriegt. Der Bruder ist nicht nachtragend und bietet ihm an, nächste Woche nach Ulm zu IKEA zu fahren und das Regal zu holen, das er noch für seine CDs benötigt. Er ist froh, dass sie sich wieder versöhnt haben, und betrachtet seinen Bruder, als sähe er ihn seit Langem zum ersten Mal. Er ist über sechzig. Seine Haare sind schon graumeliert, sein rechtes Auge sieht nur noch Schemen. Er hat Bluthochdruck und Übergewicht, wie er selbst. Sie nehmen zum Teil die gleichen Tabletten. Auf dem Balkon sitzen sie, rauchen und genießen die Sonne. Der Fernblick zu den Albbergen macht den Balkon zu einer Aussichtsplattform. Das Thermometer zeigt dreizehn Grad.

Zwischen den Jahren nimmt er sich die Herstellung des Covers vor. Er kreiert es mit einem Bildbearbeitungsprogramm. Er lässt sich von der Verlagswebsite die Abmessungen berechnen und überträgt die Abstände zwischen Rand, Buchrücken und Höhe mittels eingeblendeter Hilfslinien auf die Datei. Das Bild, das er hochladen muss, umfasst den ganzen Umschlag, Vorder- und Rückseite und Buchrücken. Er platziert auf der Rückseite den Klappentext und den Barcode, den er von der Website herunter geladen hat, beschriftet den Buchrücken und gestaltet dann die Vorderseite. Dazu hat er in einem der gängigen Stockfoto-Portale ein Foto von der Schwäbischen Alb gefunden. Er setzt es in einen Rahmen, wählt eine gefällige Schriftart und setzt den Titel mit Autorennamen darüber. Er tüftelt herum, bis er zufrieden ist. Ansprechend soll das Cover sein, neugierig machen auf schöne Natur und Bodenständigkeit ausstrahlen. Dann konvertiert er es ins pdf-Format und hat nun beide Dateien, Buchblock und Cover, bereit zum Hochladen. Damit will er sich aber noch Zeit lassen. Er nimmt sich vor, es noch einmal gründlich zu prüfen, denn anders als bei einem herkömmlichen Verlag wird es kein Korrektorat und keine Fahnenkorrektur geben. Die Fehler, die er jetzt macht, werden gedruckt. Zum Glück kann er jederzeit eine neue Version einstellen, wenn er hinterher Fehler entdecken sollte, für den Preis einer erneuten Gebühr, versteht sich. Danach ist er aufgekratzt. So ein Buch selbst zu machen, ist etwas ganz anderes, als das Manuskript einzuschicken und auf das Autorenexemplar zu warten. Es macht Spaß, denkt er. Ich kann es so gestalten, wie ich mir das vorstelle. Eine ganz neue Art der Veröffentlichung. Dann macht er sich einen Tee und setzt sich vor den Fernseher. Der Tag ist jetzt schon gelungen, denkt er.

Mittags kommt der Vater und bringt von dem Essen, das er gekocht hat: eine Schüssel voll Nudeln, eine Schüssel mit Karotten- und

Erbsen-Gemüse. Bei seinem ersten Besuch, als er sich die Wohnung anschaute, war noch nicht alles eingeräumt. Nun findet er es sauber und gemütlich. Der Blick vom Balkon gefällt ihm, das ist besser als der Blick von seinem Balkon auf den Mietblock gegenüber. Er nutzt die Gelegenheit, eine Zigarette zu rauchen, ganz ohne die gewohnte Zigarettenspitze. Er raucht im Stehen, sein Sohn hält ihm den Aschenbecher. Vielleicht ist er aufgeregt, bei seinem Sohn zu Besuch zu sein, denkt er. In Hamburg haben sie ihn nie besucht. Sie setzen sich aufs Sofa und reden ein bisschen, dann will der Vater wieder heim.

»Geht's mit der Treppe?«, fragt er ihn.

»Im Rauf geht's«, sagt er, »bloß runter, meine Knie, weißt.«

»Ich weiß«, sagt er.

Er hat Arthrose, und seine Knie sind ganz kalt tagsüber, das ist die Durchblutung.

Was ist das eigentlich: Silvester?, fragen sie sich. Fünfzigmal *Dinner für one*, was bleibt da? Eigentlich tragisch, denkt er, wie Miss Sophie ihre Liebhaber alle überlebt hat und jedes Jahr ihren Wahn von Geburtstagsfest zelebriert. Um zwölf schauen sie sich das Feuerwerk auf dem Balkon an. Hinter den Häusern steigen Raketen, Feuersträuße ringsum, auf den Flanken des Vulkanbergs, auf dem Höhenrücken, sogar vom Zeugenberg steigen Glitzerblumen. Ihnen ist wenig feierlich zumute, sie stoßen nicht an, haben den Champagner schon zum Fondue getrunken, halten keine Rückschau.

»Es ist einfach zu viel zu erleben«, sagt sie erschöpft. Um eins verkriechen sie sich todmüde und genervt von dem Geballer ins Bett.

Der Freund aus dem Nachbarort ruft um drei an. Er kennt ihn aus der Gymnasiumszeit, sie haben gemeinsam Abitur gemacht. Seine drei Damen, sagt er, wären soweit. Dann bring deinen Harem vorbei, scherzt er zurück. Er sieht vom Dielenfenster aus zu, wie sie zu viert den Treppenweg herunter kommen. Alle ziehen in der Diele die Schuhe aus und haben Hauspantoffeln dabei. Die ältere Tochter ist ein Teenager geworden mit herrlichen Haaren und noch immer dem Babygesicht. Nach Besichtigung der Wohnung macht er Tee. Der Freund schnuppert am Ceylon und findet ihn zureichend. Seine Frau scheint ihm kleiner geworden zu sein, als sie sich umarmen. Hat sie ihm früher auch nur bis zur Brust gereicht? Er war auf dem Gymnasium anderthalb Jahre mit ihr zusammen. Dann hat sie sich für den

Freund entschieden, als er von Melbourne zurück war. Sie sind seine einzigen Freunde hier unten. Sie haben sie einmal in Hamburg besucht, auf der Durchfahrt nach Dänemark. Es ist ungewohnt, wieder mit Menschen zu reden, denen die Namen, Orte und Landschaften in der Heimat selbstverständlich sind. Auch die alten ironischen Wortspiele pflegen sie noch. Die Bassstimme des Freundes dröhnt vom Parkett wider. Die jüngere Tochter hat eine Zahnlücke und drängt zur Heimfahrt. Zuhause wollen sie die Hasen füttern. Er erzählt von ihrem Weihnachtsfest, mit Kindern, sagt die Freundin, erlebt man Weihnachten wieder wie früher. Er begleitet sie zum Auto und winkt zum Abschied.

»Viel Glück auf der Autobahn!«, scherzt er, weil sie es nun ja gerade eine Viertelstunde nach Hause haben.

»Wir rasten wieder bei Kassel«, gibt der Freund zurück.

Um drei am Nachmittag wacht er auf dem Sofa auf. Eine Tasse Tee, das Thermometer auf dem Balkon zeigt zwölf Grad. Benjamin Braddock fährt nach Berkeley, weil er entschlossen ist, Elaine Robinson zu heiraten. Über die bekannte Brücke fährt er zu *Scarborough Fair*. Sie war einst meine große Liebe, denkt er und erinnert sich an seine Jugendzeit, als er den Film zum ersten Mal sah. Benjamin Braddock geht durch die sommerlichen Straßen, wandert auf dem Campus hin und her, wartet am Springbrunnen darauf, sie zu sehen. Er gehört nicht dazu, ist ein Zaungast, bittersüß. Von Weitem sieht er sie aus dem altehrwürdigen Gebäude treten, in hohen Stiefeln und ihrem braunen Sommermantel, ganz Studentin mit wehendem Haar. Im Café sitzt er und wartet, bis sie aus Moes Buchhandlung kommt, wo sie Studienliteratur besorgt hat. Das kennt er. So draußen stehen, die Geliebte von ferne sehen, sie darf nicht wissen, dass man hier ist, ein Glück, nur in ihrer Nähe zu sein, an ihrem Leben Anteil zu haben und sei es nur als Zaungast. Aber er geht ja gut aus, der Film. Er kennt ihn auswendig. Einer seiner Lieblingsfilme. Am Schluss holt Benjamin sie aus der Kirche, sie flüchten mit dem Bus, Elaine!, ruft er und klopft gegen die Kirchenscheibe, hin und her fährt er zwischen Berkeley und zuhause, läuft durch die Straßen, die Steinplattengehwege mit Grasrändern, kalifornisch, erinnert ihn an Melbourne, er rief an am Nachmittag, wo es in Europa noch frühmorgens war, und sagte: Ich komme zurück. Und dann werden wir heiraten, sagte er, und sie sagte nichts, und auf den Gehwegplatten gaben die Blüten der Bananenstauden große violette Flecken, ich liebe diesen Film, denkt er, und er holt ihn heraus aus dem grauen Westwetter mit verhangenen Albbergen an diesem Montagnachmittag, entführt ihn er weiß nicht wohin und er lächelt vor Seligkeit und könnte heulen vor Glück und weiß doch gar nicht, was vor sich geht.

Eine Tasse Earl Grey und eine Karamellwaffel. Im Fernsehen ein Rückblick auf die Gruppe 47: Celan wird ausgepfiffen, der redet ja wie Goebbels, heißt es, und Frauen sind für das Fest danach ausdrücklich erwünscht. Er setzt sich an den Rechner und wird heute sein erstes selbst gemachtes Buch veröffentlichen.

Er gibt Seitenzahl, Format und Bindungsart in das Formular der Website ein und erhält einen Vorschlag für den Ladenpreis. Der umfasst die Druckkosten und den Gewinn des Verlages ebenso wie seine Marge. Er setzt den Preis niedriger an als vorgeschlagen, das sind weniger Anteile als bei seinem alten Verlag, aber was soll's? Dann legt er die Gattung fest, fügt den Klappentext und die Vita ein und lässt sich fünf Suchwörter einfallen, unter denen das Buch in den Katalogen zu finden sein wird.

Dann geht es daran, den Text und das Cover auf den Server zu laden. Das gelingt reibungslos. Schließlich der Vertrag, durch einen bloßen Mausklick zu unterschreiben. Er liest ihn sorgfältig durch, aber es ist ein gewöhnlicher Verlagsvertrag mit dem Unterschied, dass er ihn binnen eines Jahres kündigen kann. Vor dem finalen Klick hält er inne.

Hat er an alles gedacht? Hat er Schreibfehler übersehen? Ist der Preis nicht zu niedrig?

Ein Klick – das ist es jetzt.

Das war's jetzt, denkt er. Er freut sich nicht. Er ist bloß erleichtert. Es war ein Stück Arbeit, das Buch ins Netz zu bringen. Und wie lange dauert es jetzt? Anderthalb Wochen, schätzt er. Bis der Titel in allen Online-Shops und Katalogen gelistet ist und man ihn bestellen kann.

Er ist erschöpft, aber auch zufrieden. Er kann es noch nicht ganz begreifen. Alles selbst gemacht, und jetzt gibt es ein neues Buch von ihm. Das Begreifen kommt erst, wenn es beim Onlinehändler aufgelistet steht, mit Titel und Autorennamen und Cover. Autorenexemplare gibt es keine, er wird sich gleich ein eigenes bestellen. Er beschließt, erst einmal nicht nach den Verkaufszahlen zu schauen, die der Verlag in ausführlichen Statistiken aufführt.

Er geht in die Küche und macht sich irischen Tee. Das erste Buch, denkt er, von dem großen Stapel unveröffentlichter. Und ich kann so viele folgen lassen, wie ich will. Das entspannt die Lage. Ob er dadurch viel verdienen wird, bezweifelt er, aber er freut sich auch über wenige Leser. Hauptsache, es sind endlich die Sachen, die er unter die Leute bringen will. Herzblut, ja, denkt er. Es ist dann doch noch ein großer Tag.

Der Himmel dämmerblau, eine Aquarellfarbe, verwaschen und feucht, der Berg eine Skizze darin, flüchtig mit fließenden Umrissen, nur die Lichter des Höhenhotels blinken wie vergessenes Geschmeide. Er träumt in seiner Gestalt, der Berg, weit fort in einer Welt jenseits des Regens. *Die elfte Ansicht des Zeugenberges.*

Eine Meise flattert aufs Geländer, äugt ein paarmal herüber, dann schwingt sie sich auf den Tellerrand, pickt sich ein Körnchen und verschwindet wieder. Gleich darauf erscheint eine zweite, fliegt ab, wieder kommt eine, vielleicht dieselbe, diese Kohlmeisen kann man ja nicht auseinander halten, es müssen mindestens zwei sein, und ein Blaumeischen kommt dazu. Sie haben den Napf schon ordentlich geleert.

»Die beste Alternative zum Fernsehen«, sagt seine Frau. »Der Meisen-Kanal ist eröffnet!«

Der Paketbote will ein Päckchen für eine Nachbarin abgeben und klingelt bei ihm. Er geht hinunter, aber er verwechselt die Namen, als er unten im Treppenhaus steht. Zwei Nachbarinnen kommen aus ihren Wohnungen und mischen sich ein. Die Eine ist eine Deutsche, die sich aufwendig verschleiert hat, umgeben von ihren drei Prinzchen. So sieht man sich einmal, denkt er. Die Nachbarinnen können nicht verstehen, dass er die Namen nicht kennt. Ich kann ja auch nicht alles wissen, denkt er brummig und steigt wieder hinauf in seine Wohnung. Verdrossen schaut er aus dem Küchenfenster. Es war notwendig, hierher zu ziehen, denkt er, aber ob er hier glücklicher wird als im Norden, muss man noch sehen.

Er sitzt bei seinem Vater im Auto, im Hof einer Getränkehandlung im Nachbarort. Der Seniorchef geht herum und sortiert leere Flaschen, sein Gang ist mühsam, Danke, ebenfalls!, entgegnet er den guten Wünschen der Kunden. Der Vater mit seiner Schlägermütze geht ins Büro und tauscht eine Flasche Rotwein um. Er wird begrüßt, ist hier bekannt, ein schmächtiges Männlein unter den gestandenen Männern, schmale Schultern, wo er früher so ein breites Kreuz hatte. Im Hintergrund des alten

Hauses sieht man die Albberge. Ein Bild fürs Erinnerungsalbum, denkt er. Wer weiß, wie lange er noch lebt. Beim Bäcker kaufen sie Brezeln, auch hier wird er mit Namen begrüßt. Auf der Fahrt zum Supermarkt im Nachbarort kommen sie an der Buchhandlung vorbei, in der er schon zweimal gelesen hat. Es ist der Geburtsort des Vaters, hier hat er seine unglückliche Kindheit und Jugend verbracht.

Draußen ist es dunkel geworden. Abendlichter. In der Küche stellt er sich seinen Literatentee zusammen: ein Löffel Darjeeling Second Flush, ein Löffel Pfirsichblüten-Oolong, ein paar Kügelchen Jasmin-Drachenperlen. Vor dem Fernseher sitzt er und schlürft ihn, die Ingwerspitzen in Schokolade sind knackig und fruchtig. Seine Frau ruft an, sie macht sich jetzt auf die Heimfahrt.

»Ich liebe dich«, sagt sie, »bis gleich.« Währenddessen zieht im Fernsehen der Dänenkönig Atterdag gegen Lübeck.

»Es ist auch eine Frage der Identität«, sagt er zu ihr. Sie sitzt auf dem Sofa und strickt, er trinkt seinen Tee und würde jetzt gern eine Zigarette rauchen. Das hilft ihm beim Nachdenken. Der

Fernseher bleibt aus.

»Ich habe mich immer gefragt, wer ich bin«, fährt er fort. »Ich frage mich das immer noch. Aber hier, in der Heimat, finde ich mich wieder. Hier gehöre ich her.«

»Das ist schön«, sagt sie ohne aufzusehen.

»Ich komme mir vor wie ein nach langen Jahren aus der Welt Zurückgekehrter. Als wäre ich, wie ich es mir damals vorgestellt habe, aus Australien zurück, welterfahren, weiten Blicks, und hätte etwas zu erzählen. Auch wenn es nur Hamburg war und nur zwanzig Jahre, die ich weg war. Das gehört jetzt alles zu meinem Leben.«

»Es ist ein Kapitel, das abgeschlossen ist«, pflichtet sie bei.

»Aber was ist mein Leben? Was ist das für eine Geschichte, die Gott von mir erzählt? Wir haben unser Leben immer nur als Geschichte«, sagt er und stellt die Tasse ab, damit er die Hände frei zum Gestikulieren hat, »das ist meine Überzeugung seit Langem. An dieser Geschichte habe ich mein Lebtag geschrieben, weißt du. Ich habe im Grunde über nichts anderes geschrieben als über mich und mein Leben. Ich bin nicht der große Romancier«, sagt er und merkt, dass das ein Monolog wird, dem sie geduldig zuhört, »der dicke Gesellschaftsromane schreibt und für den Pulitzerpreis nominiert wird. Ich tue mich schwer damit, Geschichten zu erfinden. Ich kann nur über das schreiben, was ich erlebt habe. Aber ich habe einen Blick für die Ungereimtheiten, für die Lebenslügen und das Hintergründige, das den Alltag zur Offenbarung macht, weißt du. Nur will das anscheinend niemand lesen. Oder zumindest nicht veröffentlichen.«

»Hast du von deinem Buch bei deinem Print-on-Demand-Verlag gehört?«

»Es ist jetzt lieferbar. Ich habe mir schon ein Exemplar bestellt. Ich weiß nicht, was daraus wird. Aber mein Agent scheint mich abgeschrieben zu haben. Ich habe den Eindruck, er tut nichts mehr für mich. Er ist mit meinen vielen Romanen überfordert.«

»Du hättest nach dem ersten Erfolg weiter Krimis schreiben können«, sagt sie offen. »Aber du bist eben kein Krimischreiber. Du hast mehr zu sagen.«

»Danke«, sagt er. »Aber das nützt alles nichts. Ich komme einfach nicht vorwärts. So habe ich mir meine Existenz als Schriftsteller nicht vorgestellt.«

Im Mittagslicht steht der Berg klar und detailreich; die Flanken hell, der Turm deutlich, heraus ragend aus dem tropenblauen Himmelsmeer wie ein Seezeichen oder ein Leuchtturm. Mit den Augen geht er den Kehrenweg hinauf, findet die vergangenen Sommer, die Plätzchen und Winkel, das Liegen im Gras, umgeben von einer Schafherde. Jetzt ist er wirklich der Hausberg der Stadt, denkt er. *Die zwölfte Ansicht des Zeugenberges.*

Er hat Schwierigkeiten beim Wasserlassen. Beim Sitzen auf der Schüssel sieht er es: Die Vorhaut ist geschwollen und gerötet und lässt sich nur unter Schmerzen über die Eichel zurückziehen. Er fragt sich, was jetzt wieder los ist. Ich muss zum Arzt, denkt er und seufzt. Er verlässt ungern das Haus, aber das hier geht ihm ans Eingemachte. Zum Glück wohnt der neue Hausarzt hier in der Siedlung, er kann sogar zu Fuß hingehen.

Über dem Schreibtisch, an der linken Wand, hängt nun das Poster von Darjeeling mit den Teehängen und dem Kangchendzönga im blauen Himmel. Ein zweites Gebirge aus Wolken dahinter. Wolken ziehen weithin über die ganze Welt, denkt er.

Draußen grauer Himmel, Schneetreiben. Im Garten wächst der Winter. Der Berg ist hinter der weißen Wand verschwunden. Die Welt hört an den Nachbardächern auf.

Es schneit und schneit. Knappe Minusgrade, die Berge im Nebel oder festlich weiß unter grauem Himmel. Vesper am Esszimmertisch. Er vespert auf dem Holzteller, wie es sein Vater immer tut, vor dem Fenster mit dem verschneiten Treppenweg und den Hochhäusern. Das Ripple mit Senf, einen Kimmicher, Radieschen, eingetunkt in Salz in einem Eierbecher. Wie Vater es früher getan hat. *Monatsrettich* sagt er immer zu den Radieschen. Ich lebe ihm nach. Auch eine Art der Versöhnung, denkt er. Draußen die Häuser im Schnee. Alles ist nahe beieinander. Die Siedlung ist ein schöner Ort zum Wohnen.

In der Bedrückung, schreibt er ins Tagebuch, ist selbst der erste Schluck heißen Kaffees eine Befreiung.

Mein Tagebuch, denkt er manchmal, ist eigentlich reine Selbstberuhigung. Ich schreibe von bewältigten Tage, von gelingendem Alltag, vom beruhigenden Gleichmaß. Das tut gut. Er liest gerne darin. Er mag solche Literatur. Das hat ihm schon an Handke immer gefallen. Keine Dramatik, keine aufregende Story. Vielmehr die kleinen Dramen des Alltags. Leise Töne, subtile Spannung, Vergewisserung der Welt. Hinter allem die Frage: Wie meistert jemand sein Leben? So möchte er Bücher schreiben. Aber die Meisten würden sagen: Das ist langweilig. Da passiert ja nichts. Es passiert eine Menge, aber er hat noch nicht den Weg gefunden, das zu schreiben.

Sie haben den Vater zum Essen eingeladen. Chinesisch, er hat nichts dagegen einzuwenden. Es gibt Schweinefleisch süß-sauer, das können sie im Schlaf. Der Vater kommt eine Viertelstunde zu früh. Das tut er immer.

»Kennst mi doch«, sagt er verschmitzt. »I komm lieber z' früh als z' spät.«

Das Essen schmeckt ihm, er isst den Teller leer. Im Wohnzimmer sitzen sie, er trinkt seinen Sprudel, einmal rauchen sie beide eine Zigarette auf dem Balkon. Seine Frau will mit dem Vater auf den Friedhof im Nachbarort fahren, um das Grab der Mutter zu besuchen. *Hoppler* habe man früher zu den Bewohnern dort gesagt, meint der Vater. Er hat in seinen knöchelhohen Fellstiefeln warme Füße.

Er ist allein in der Wohnung. Draußen ist es hell vom Schnee. In der Stille fühlt er sich wohl. Das Räucherstäbchen riecht parfümiert nach chinesischen Tempeln, eine Helle und Leichtigkeit darin, gewürzt mit Neugier und Mut. Er hört eine CD mit Teemusik und ist mit sich im Reinen. Der Berggipfel ist vom Nebel wie abgeschnitten, ein Rumpf bleibt, der nichts zu tun haben will mit der Stadt zu seinen Füßen. *Die dreizehnte Ansicht des Zeugenberges.*

Er ist froh, dass der Hausarzt ein Mann ist. Von einer Frau würde er sich seinen Penis nicht untersuchen lassen. Er hat Angst, dass er in ihren behandschuhten Händen einen Steifen kriegte.

»Eine Balanitis«, meint der Arzt nach kurzer Untersuchung. »Vorhautentzündung. Ich glaube, wir müssen uns mal Ihre Zuckerwerte anschauen.«

»Diabetes?«

»Wenn der Urin zu süß ist, freut das die Bakterien. Lassen Sie Ihre Zuckerwerte regelmäßig kontrollieren?«

»Nicht, dass ich wüsste.«

»Spülen Sie den Penis zweimal am Tag mit lauwarmem Kamillentee. Wenn wir Ihren Zucker im Griff haben, heilt das schnell aus. Bis dahin«, sagt der Arzt lakonisch, »keine mechanische Reibung!«

Er versteht.

An Diabetes hat er nie gedacht. Bluthochdruck und Übergewicht, klar. Er steht am Esszimmertisch über einer Schüssel frisch gekochten und abgekühlten Kamillentees und wäscht behutsam seinen Penis. Muss er nun Broteinheiten zählen und sich vor jeder Stulle spritzen? Aber der Arzt verschreibt nach der Blutanalyse zwei Medikamente zum Einnehmen, dann, als die Balanitis nicht abheilt, geht er zusätzlich zum Spritzen über. Aber Gott sei Dank spritzt er sich nur einmal täglich, Depotwirkung. Der Zuckerwert bessert sich rasch, und die Entzündung klingt ab.

In der Stadt wartet er auf sie. Er setzt sich wegen seines Ischias' auf die Treppe vor einer Modeboutique. Die Verkäuferin kommt heraus und fragt, ob sie ihm helfen kann. Ich muss nur meinen Ischias ausruhen, sagt er, überrascht von der Hilfsbereitschaft. Seh ich so hilfsbedürftig aus?, fragt er sich. Ich bin doch erst dreiundfünfzig! Beim Metzger in der schmalen

Altstadtgasse kaufen sie zwei Ripple, Lyoner, Schwarzwälder Schinken, ein Stück gerauchte Leberwurst, die sie so mag, und einen Leberkäswecken. Einpacken oder als Handvesperle?, fragt die Verkäuferin. Im Gehen noch der erste Biss in die frische Brezel, so, wie sie sein soll, mit weichem Bauch und knusprigen Ärmchen – Heimatgeschmack. Auf der Grundlage eines hiesigen Lebens: das hatte er zuletzt vor zwanzig Jahren. Es kommt ihm vor, als schlösse er an das Leben von damals wieder an, nur nicht mehr als Student, sondern als Schriftsteller mit eigener Existenz.

Er ist heute zerworfen. Zerworfen?, denkt er. Was heißt das? Zerworfenheit, denkt er, ist eine Mischung aus Selbstzerfleischung und dem Gefühl der Verworfenheit. Aber ich bin gar nicht verworfen, denkt er, nachts um halb fünf auf dem Sofa liegend, während der Wind an den Rollläden rüttelt. Ich bin angenommen. Ein für alle Mal. Und ich habe nicht einmal eine Prüfung bestanden. Eine Herzensprüfung vielleicht, es ist ja etwas in mir, tief drin, das sich sehnt nach Frieden und Heil. Der giftige Schaden, denkt er bitter: ja, ich will das, ich will baden und laben, das Herz sauberwaschen. Den giftigen Schaden trage ich mit mir herum, seit

Jahrzehnten, denkt er. Das ist mein Leben.

Dicke Amerikaner mit umgebundenen Schürzen reiben meterlange Rippchenstränge mit Gewürzen ein. Dann kommen sie in den Ofen, Hickoryrauch natürlich, bei niedriger Temperatur geröstet vierfünf Stunden lang. Hinterher ist das Fleisch mürb und lässt sich mit drei Fingern abpflücken. Es kommt nicht aufs Essen an, sagt einer. Es ist die Gemeinschaft. Zusammensein, eine Menge Bier trinken, in der Sonne sitzen, so was halt. Das amerikanische Wort ist *fellowship*.

Ihm ist seltsam zumute. Ein stabiler Zustand, aber eigentlich Grauen erregend. Sein Kopf ist leer und wach, Stille herrscht und doch ein notorischer, unbestimmter Lärm. Er ist nicht bei sich. Er steht wie neben sich, hat keine Fühlung. Er spürt seinen Körper, nimmt seine Gefühle wahr, aber sie gehören ihm nicht. In seiner Seele ist eine riesige, weiße Fläche, eine Ebene ohne Horizont, ohne Landschaft, ohne Anhaltspunkte. Eine geduldige, kalte, weite Fläche, wohltuend und entsetzlich. Er steht dort und wartet. Wartet die ganze Zeit darauf, dass etwas geschieht. Wartet, abgeholt und irgendwohin mitgenommen zu werden. Handelt und redet und wartet dabei. Eigentlich ist er nirgends, in einer Leere, einem Nichts. Dissoziation, denkt er. Reaktion auf ein Übermaß, das mich überschwemmt hat. Borderline-Symptomatik. Hoffentlich geht das wieder vorbei.

Er denkt an sie, wie sie sitzt allein in ihrem Fachwerkschlösschen, in dem das Landratsamt untergebracht ist, oben auf der Alb. Sie sucht eine Adresse in einem Dorf, ob Groß- oder Klein-, weiß man nicht so genau. Zum Frühstück isst sie eine Brezel. Morgen will sie gemeinsam mit ihm einen Winterspaziergang machen, auf der Alb liegt noch Schnee. Ich freu mich auf dich, sagt er zum Abschied.

Morgens um drei stärkt ihn ein Becher heißen irischen Tees. Der malzige Geschmack lässt an Cottages und Küsten denken, an Gassen mit Pubs und die Farnhügel in den Bergen. Der Becher ist bedruckt mit keltischen Ornamenten und einem Segensspruch. Segne mich, denkt er. Und dann mit Israel, dem Gotteskämpfer: *Ich lasse dich nicht, du segnest mich denn.*

Frühlingswind. Vom Wind schlägt manchmal der hochgezogene Rollladen in seiner Schiene, und auf dem Balkon winken die Zipfel der Markise. Etwas kommt heran, aus einer lang versprochenen Ferne. Dort, wohin die Wolken ziehen.

Der Berg ist nicht mehr zu sehen. Der Ahorn, der unten am Haus neben ihrem Balkon wächst, treibt Blattsträuße und verdeckt ihn allmählich. Schade, denkt er. Gerade jetzt würde der Berg den Sommer verheißen. Vielleicht im Herbst wieder. Wir sind ja noch lange hier. *Die vorerst letzte Ansicht des Zeugenberges.*

Sie gehen essen. Sie gehen zum ersten Mal aus. Dem Anschein nach ins alte Feuerwehrmagazin in der Lederstraße, in ein mexikanisches Restaurant, *cantina y bar*. Die früheren Hallen für die Löschfahrzeuge sind umgebaut worden, ein bisschen Kunstfabrik, ein bisschen Alternativlokal. Die Wände in Gelb bepinselt, große Fenster zur Straße, wo früher die Tore waren, Coca-Cola-Logo und Fliesenreihen, allenthalben noch alte Ventile oder Schlauchanschlüsse in der Wand. In Wirklichkeit sind sie aber ganz woanders. Schon der Bartresen und der Ventilator an der Decke gemahnen ans *Cuba Mia* in Hamburg oder die Karibik. Mit den Cocktails geht es weiter. Er bestellt vorweg einen Gin Fizz, und der erste Schluck aus dem Trichterglas mit der Kirsche versetzt ihn nach New York oder London. Geschichten aus Kinderzeiten schwirren ihm im Kopf, das Parfüm des Gin und die Milde aus Zitronensaft und Zuckersirup verheißen Dinnerpartys und nächtliche Großstadtabenteuer, und draußen im Dunkeln fließt der Hudson River und glitzert mit seinen Spiegellichtern. Sie hat die Haare offen und lang, zwei Strähnen hinten zusammengefasst, die Ohrringe blitzen. Der Kellner macht keine Notizen und versteht manches falsch, aber Babylon ist sowieso überall: Am Nebentisch unterhalten sich vier Herren auf Englisch, der Eine das graumeliertes Haar zu einem Pferdeschwanz gebunden. Sie könnten einen Film besprechen oder eine Theaterpremiere. Als Vorspeise nimmt er Tortillaröllchen mit Käse und Salsa, Krabbencocktails auf Teigflädchen, die Salatgarnitur kommt in einem Gebäck, das man mitessen kann. Doch der Red Snapper im Gewürzmantel, nach Cajun-Art, übertrifft alles: guter Fischgeschmack, thymianwürzig, das Gemüse mit deutlicher Schärfe in Salsa Verde, der Reis tomatig, alles passt. Sie sitzen und kosten es aus. Großstadtatmosphäre.

»Das ist die eigentliche Kunst«, sagt er zu seiner Partnerin, die heute Abend Milena heißt oder Angelique oder Beverley: »Sich nicht blauäugig am Leben freuen, als wäre alles gut, sondern trotz Leid und Elend die guten Stunden genießen und sie nicht überschatten lassen von dem, was war oder kommt.«

Sie stimmt ihm zu, seine Partnerin für heute Abend. Ab und zu sieht er auf der Straße Scheinwerfer vorbei huschen, es ist leer im Lokal, es hat bis nach Mitternacht geöffnet. Sie sollten von hier aus am Hudson spazieren gehen oder im Hafen die Docks erleuchtet sehen, im Park unter Brücken stehen und von Wolkenkratzern überragt werden. Sie sollten in einem gelben Taxi nach Hause fahren und vielleicht noch einen Drink nehmen. Sie sollten nackt im Bett landen und die Rollos nicht herab lassen. Sie sollten andere Menschen sein in einer anderen Stadt, in einem anderen Leben, um diese Verheißung wahr zu machen. Am Ende sind sie wieder zuhause, müde, sie geht ins Bett, er sitzt vor dem Fernseher und raucht auf dem Balkon den Zigarillo, den er sich im Restaurant verkneifen musste. Wir waren bloß im alten Feuerwehrmagazin in der Lederstraße, denkt er. Aber vielleicht, vielleicht gelingt ihm eines Tages doch noch, mit dem ersten Schluck eines Gin Fizz die Abkürzung zu nehmen durch Raum und Zeit nach Manhattan oder Soho.

Wieder so ein unsäglicher Sonntag. Er ist verdrossen und übellaunig. Er hält dieses Kleinklein seines Lebens nicht aus, ist unzufrieden, und alles kommt ihm sinnlos vor.

»Jetzt auf die Alb fahren«, sagt seine Frau. »Jetzt können wir tun, was wir an so einem Sonntag im Norden nicht tun konnten.«

»Du hast recht«, sagt er.

Schon in der letzten Kurve der Steige, als sich vor ihnen die Weite der Hochfläche auftut, atmen sie auf. Er lehnt sich zurück, die Seele weitet sich, die Verknotungen lösen sich auf. Schneereste in Schattenlagen, kahle Bäume, ein blauer Himmel über allem und warme Sonnengrade. Grießige Schneeäcker, Bussarde in der Luft.

»Schau mal«, sag er zu ihr: »Dort im Wald liegt der Hohengenkingen«, und er erinnert sich an die Mauerreste auf dem Bühl, die er früher einmal entdeckt hat. »Den würde ich mir gerne noch einmal anschauen. Wenn du bei der Arbeit bist.«

»Mach nur«, sagt sie.

Er freut sich auf das Frühjahr. Auf die Streifzüge, die er machen wird. Und im Sommer die Ausflüge zu zweit. Überall Ziele, Orte, Vergnügungen. Überall Überrraschungen versteckt wie Eier an Ostern. Höhlen, Ruinen, Wasserfälle, Klöster. Alles werden sie sich anschauen, alles mitmachen. Sie werden nicht nur zwei Wochen Zeit dazu haben wie bei ihren Heimatbesuchen: Der ganze Sommer gehört ihnen. Ja, das löst die Verstrickung, und es wird noch ein angenehmer Sonntag.

Auf den Albstraßen fährt der Vater zügiger als in der Stadt. In zwei Monaten wird er wegen Grauem Star am Auge operiert. Den Turm der Ruine Blankenstein, den er ihm im Vorbeifahren zeigt, kennt der Vater noch nicht. Er ist beeindruckt. Auf der Hochfläche ist die Vegetation zwei Wochen zurück. Die Wälder stehen ungewöhnlich nackt, als hätte jemand Entlaubungsmittel versprüht. Im Altschulzenhof holen sie Käse. Das Lädle ist bescheiden, die Tochter des Hofbesitzers hat die übliche Älblerbarschheit. Im Stall steht die obere Hälfte der Tür offen, ihnen schlägt der Jauchegeruch entgegen. Eine fette Sau linst mit ihren Äuglein und den Flatterohren heraus und schnorcht zufrieden. Er erinnert den Vater an den letzten gemeinsamen Besuch hier.

»Wie lang isch dees jetzt her?«, erstaunt sich

der Vater.

»Mindestens zehn Jahre«, sagt er.

»Gucka wir ons no Zwiefalten a?«, schlägt der Vater vor.

In der Münsterstadt ist wenig los, sie parken in den Auen, der Fußweg zum Münster führt an mehreren Flussarmen vorbei. Glasklar strömt das Wasser heran, es plätschert und gurgelt vergnügt. Das Wasser gefällt dem Vater. Er steht und schaut, versunken, er lächelt nicht.

Er fragt sich, was wohl in ihm vorgeht. Wo sind seine Gedanken? Bei der Mutter, mit der er oft solche Ausflüge gemacht hat? Denkt er über sein Leben nach?

»Weißt«, hat er ihm einmal zuhause im Wohnzimmer gesagt, »mein Leben war verkorkst.«

»Du hast zwei Söhne groß gezogen«, sagt er bestimmt. »Du hast in der Arbeit immer deinen Mann gestanden, auch wenn es dir schwer fiel. Du hast dich umschulen lassen zum Krankenpfleger, weil du ein Herz für hilfsbedürftige Menschen hast. Du hast dich nicht scheiden lassen. Du hast dich nicht dem Suff ergeben. Du hast deine Pflicht als Versorger der Familie immer erfüllt. Und du lebst jetzt schon sieben Jahre allein, seit Mutter gestorben ist. Dein Leben ist nicht verkorkst«

»Weißt«, sagt er nachdenklich, »i kann dees

mit deiner Mutter damals immer no net verwinden. Jeder hat's gwusst, bloß i net. Sie hend wahrscheinlich denkt: der arme Kerl. Und i hab damals no gsagt: Sowas macht mei Frau net!«

»Bring das ganze Unrecht in deinem Leben vor Jesus«, rät er ihm. »Sag ihm alles! Sag ihm, wie's dir damit geht! Da ist es am besten aufgehoben. Für Gott ist dein Leben gelungen.«

Er ist froh um solche Gespräche. Er ist froh, dass er einen Zugang zu ihm gefunden hat, jetzt, im Alter. Sein Vater ist über achtzig, und er will die Zeit, die er mit ihm noch hat, dazu nutzen, mit ihm über den Glauben zu sprechen.

Ein Entenpärchen schnäbelt am Ufer; als der Vater ein Stück von seiner Brezel abbricht, kommen sie geschwommen.

»Dees mit dem grüna Hals isch's Männle?«, vergewissert er sich. Er schaut den Vögeln zu, wie sie treu beieinander bleiben. Er schaut immer Tierfilme in den Dritten, hat er ihm erzählt, die mag er am liebsten. Wie die Geschöpfe sich schützen und Zuflucht finden.

Am Münster fragt der Vater:

»Wie alt isch dees Kloster eigentlich?«

Er erzählt ihm von den Achalmgrafen Kuno und Luitold, die es 1089 gründeten.

»Was? So alt?«

»Die ursprüngliche Kirche war romanisch und wurde im achtzehnten Jahrhundert barock neugebaut«, sagt er.

Sie schauen sich die Klosterkirche von innen an. Die barocke Schwülstigkeit erschlägt. Er setzt sich in eine Bank und will in Ruhe schauen. So macht er das immer in Klöstern. Der Vater bleibt stehen. Keine Andächtigkeit stellt sich ein. Hier zu beten kommt ihm nicht in den Sinn. Der Vater zündet eine Opferkerze an. Draußen sagt der Vater, dass das auch für ihn keine Kirche sei. Und die Kerzen sind auch teurer geworden, meint er.

Im Café beim Kloster trinken sie einen Kaffee. Der Vater nimmt ihn schwarz und vermisst seine Mütze wegen der Sonne. Er erzählt, wie er vor Jahrzehnten hier war, einen Patienten zur Psychiatrischen Anstalt gebracht hat, wie er sich damals hier beworben hat, weil es auf der alten Stelle schwierig geworden war. Sie mutmaßen über das Lebensgefühl in diesem Städtchen, sieben Laster pro Minute, er hat sie gezählt.

Nach Upflamör kommen sie, das abgelegene Dorf, wo es immer Sonntag ist. Dann geht es hinunter und an Ohnhülben vorbei nach Ittenhausen. Kaum begegnet ihnen ein Auto. Der Vater kennt sich auf der Alb so gut aus wie er selbst, und er kennt Schleichwege und

Wiesensträßchen, die selbst ihm unbekannt sind. Bei einem Halt irgendwo zwischen Wald und Wiese schneidet er sich einen Zweig für die Vase zuhause. Die Schlehen setzen Bündel von ersten Blütenknöpfchen an. Der Vater zeigt ihm seine Plätzchen: Dort ist er immer mit der Mutter auf einer Decke gelegen, und da parkt er am Feldweg und sitzt in dem Hochstand, und hier isst er immer seine Brezel. Dann muss er austreten.

»I muss a Rolle«, sagt er verlegen, »wega meine Wassertabletta.«

Wie sie nach Trochtelfingen kommen, ist ihm nicht ganz klar. Viele der Sträßchen ist er früher selbst gefahren, aber das ist lange her. Beim *Albgold* gibt's Spätzle in allen Variationen, aus Dinkel, aus Emmer, mit Kräuter, mit Spinat. Er entdeckt einen Waldmeister-Prosecco und nimmt ihn mit, seine Frau mag sowas. An der Kasse nimmt der Vater ihm die Sachen aus der Hand und bezahlt. Draußen ist es in der Sonne richtig warm. Am Auto misst der Vater seinen Blutzucker und muss eine Scheibe Traubenzucker lutschen. Im Auto schaltet er die Klimaanlage ein.

Er zeigt dem Vater eine Abkürzung ins Lautertal, die der Vater noch nicht kennt. Sie wollen den Heimweg antreten. Es ist halb vier, sie beginnen beide zu gähnen.

»Zuhause«, sagt er, »werde ich mir erst mal einen Tee machen.«

»Weißt«, sagt der Vater, »i gang au gern wieder hoim, aber da isch's so leer.«

Ja, er genießt es, von seinem Vater gefahren zu werden. Wie früher. Manchmal hat ihn der Vater mitgenommen auf seine Fahrt ins Zollanschlussgebiet in der Schweiz, wo der Vater Whisky und Zigaretten kaufte. Oder als Kind, als sie den Zoo in der Landeshauptstadt besuchten oder der Vater im Remstal Weinkisten kaufte. Das sind schöne Erinnerungen. Er allein mit seinem Vater, ohne Mutter, ohne die ständigen Streitigkeiten, ohne den Ärger in der Arbeit. Der Vater fuhr umsichtig und zuverlässig, hatte die Geldbörse, zeigte ihm die Landschaft, manchmal hörten sie Musik, manchmal redeten sie über Kleinigkeiten, wie es zwischen ihnen als Vater und Sohn eben möglich war. In seine Söhne als Kinder war der Vater vernarrt, aber mit den pubertierenden Jugendlichen konnte er nichts mehr anfangen. Vielleicht, denkt er, hole ich hier etwas nach. All die Jahre, die der Vater abwesend, mit sich und seiner Kränkung beschäftigt war. All die Jahre, in denen er ihn gebraucht hätte. Er hatte sich ihm vom Wesen her immer näher gefühlt als der Mutter, auch wenn der Vater sehr verschlossen war. Aber das Nachdenkliche, Grüblerische, die Sensibilität hat er von ihm. Vielleicht ist es eine späte Versöhnung, dass er nun den Sohn spielt, sich herum fahren lässt und die Welt des Vaters kennen lernt.

Auf der Eninger Steige liegt die Trauflandschaft vor ihnen im Dunst, ein Relief aus Buchten und Vorbergen, in der Ferne, als blasser Schemen, der Hohenzollern.

»Hier han i mal beim Seifenkistenrennen gwonna«, erzählt der Vater.

»Was, hier? Die Steige runter? Da müsst ihr ja einen Affenzahn draufgekriegt haben«, sagt er und sieht die Kurven plötzlich mit anderen Augen.

»Selbstgebaut«, erzählt der Vater, »da isch's auf jeden Reifen, jedes Radlager a'komma, damit ma schneller isch. Und i bin Erster gworda!«

Er sagt es nicht ohne nachträglichen Stolz. Eine handwerkliche Begabung hatte Vater schon immer, denkt er sich und ist beeindruckt.

Um vier sind sie wieder zuhause. Bevor er aussteigt am Parkplatz vor dem Haus, umarmt er den Vater.

»Das war jetzt echt klasse«, sagt er. »Müssen wir unbedingt wiederholen.«

Der strahlt übers ganze Gesicht.

»Vergiss dein Zweig net«, sagt der Vater.

Nachts hat er Kopfschmerzen. Sein Kiefer tut weh, das hat er manchmal, wenn er sich einem Luftzug ausgesetzt hat. Auch wenn es wie jetzt ein warmer Frühlingswind ist. Er ist sehr empfindlich am Kopf. Vom chinesischen Essen stößt es ihm nach Ingwer auf. Er hat das Gefühl, gegen Gottes Wille wie gegen eine Felswand zu laufen. Insgeheim empfindet er das Ausweichen auf einen Print-on-Demand-Verlag als Niederlage. Er weiß, dass der Verlag keine Werbung für seine Bücher macht und er wenig Leser erreichen wird. Er versucht, sich davon zu überzeugen, dass die herkömmliche Prüfung durch einen Lektor keine Qualitätsprüfung darstellt, sondern der besseren Verkäuflichkeit dient und damit die Anpassung an den Mainstream bedeutet. Es gelingt ihm nicht recht. Er denkt an Autoren, die er gerne liest, liest über ihre Schriftstellerlaufbahn, wünscht sie sich für sich, wäre zufrieden mit einem Buch jedes Jahr und einer Fünftausender-Auflage, könnte seinen Anteil zum Lebensunterhalt beisteuern, wäre bekannt und würde gelesen, ohne Ruhm und Bestseller, damit wäre er schon zufrieden.

Das ist schon alles, was ich mir wünsche. Aber Gott, so denkt er, verweigert sich mir. Es ist schon so: Gott setzt seinem Leben eine Grenze. Seinem Traum. Er ist nun Schriftsteller, hat bereits veröffentlicht, aber er hat es sich anders vorgestellt. Es sollte sein Beruf sein, der ihn erfüllt. Er sollte ihn zufrieden machen. Er will Wirkung haben als Autor. Er hat plötzlich das Gefühl, auf einem Abstellgleis gelandet zu sein. Er lehnt sich dagegen auf. Er lehnt sich gegen Gottes Willen auf. Er hadert mit ihm, geht schimpfend und fluchend durch die Wohnung, hält diese zwiespältige Beziehung nicht länger aus, will aber nicht ohne Gott sein, weiß, was er ihm verdankt, kann sich aber nicht einfach demütig dareinfinden, heult aus lauter Verzweiflung, es ist eine Sackgasse, und es wird wieder eine Neun-Schwerter-Nacht, ein schlafloser, selbstzerstörerischer Albtraum, der kein Ende zu nehmen scheint.

Irgendwann endet er aber doch. Irgendwann geht es immer vorbei. Das hat er inzwischen gelernt. Er nimmt eine kleine blaue Beruhigungspille, der Krampf löst sich, die Auflehnung lässt nach. Der unerträgliche Zwiespalt schwindet. Er kann wieder klar denken und findet zu seinem Gottvertrauen zurück. Er geht auf den Balkon, weil er im Freien sein muss. Es ist eine warme Nacht, alle Lichter erloschen, es ist still bis auf das Sirren in seinen Ohren, das immer da ist.

Er raucht eine Zigarette, sieht die Glut aufleuchten mit jedem Zug, sieht den Rauch unsichtbar im Dunkel vergehen. Ein Glas Wein dazu, der ist vom Essen übrig. Es ist überstanden. Wieder einmal. Er entspannt sich. Kurze Panik kommt auf, als ihm klar wird, dass das jederzeit wieder geschehen kann. Er ist nicht sicher davor. Er muss auf der Hut sein. Aber für heute Nacht ist er gerettet.

Zum ersten Mal macht er einen Ausflug auf die Alb. Wie früher. Er packt Rauchzeug und ein Butterbrot und etwas zu trinken ein und fährt los. Er ist angespannt. Ob die Liebe zur Alb, die Geborgenheit der Landschaft noch da sind? Er parkt an der Überlandstraße Richtung Schloss Lichtenstein und macht sich zu Fuß auf dem Feldweg zu dem bewaldeten Buckel auf, der sich vor ihm erhebt. Der Hohengenkingen, unsichtbar im Wald. Kieslaster donnern auf der Straße zum Schotterwerk, hinter dem Berg ist es leiser.

Er verlässt den Weg und schlägt sich waldeinwärts, die Steigung geradenwegs angehend. Wie früher. Der Wald ist noch kahl, der Boden mit Laubstreu bedeckt. Nach halber Höhe muss er Pause machen. Er keucht und seine Schenkel schmerzen. Er wundert sich. Dass du so schlecht in Form bist, denkt er. Er müht sich den Berg hinauf und ist völlig erschöpft, als er oben ankommt. Du hast keine Kondition mehr, sagt er sich. Du musst dich erst wieder ans Unterwegssein gewöhnen. Oben findet er das alte Gemäuer, Mauerreste, das Viereckfundament eines Turms.

Er sucht sich einen Sitzplatz zwischen Steinen und dicken Buchenwurzeln. Er holt Tabak und Papier heraus, dreht sich eine Zigarette und zündet sie an. Der Rauch treibt zwischen den Stämmen davon. Es fühlt sich wie in einem großen lichten Saal. Durch die Zweige schimmert es hell, er sitzt heimlich und verborgen und kommt zu sich selbst. Er lauscht dem Wind, den kleinen Lauten des Waldes. Zuweilen lässt ein leiser Zug den Boden sacht erzittern; erst beim näheren Hinschauen sieht er, dass es die Blätter, Halme und Ästchen sind, die erbeben. Unten im Wald zetern ein paar Krähen. Märzenbecher blühen unter einem Baum. Fern dröhnen die Laster auf der Straße.

Es ist still in ihm. Friedlich. Einer jener Augenblicke, in denen er mit sich und der Welt im Reinen ist. In Gedanken redet er mit Gott. Er stellt keine Fragen, fordert nichts, hat keinen Willen mehr. Er lässt alle Wünsche los und sitzt nur da, kampflos, und lässt die Dinge geschehen.

Das hat ihm gefehlt, merkt er, oben im Norden. Aber es ist alles noch da. Nur das Märchenreich, die Rumpelstilzchenlust, sich vor der Welt zu verstecken, kann die Alb nicht mehr bieten. Ich bin älter geworden, denkt er. Ich habe nicht mehr die Kraft, stundenlang umher zu streunen. Und ich brauche das Märchenreich auch nicht mehr, denkt er.

Als er sich auf den Rückweg macht, zittern seine Knie. Steifbeinig kommt er den steilen Hang herab und ist froh, als er wieder auf dem Weg ist. Kurz hat er das Gefühl, nicht lange genug geblieben zu sein. Wie früher. Nicht lange genug, um in das Geheimnis eingeführt zu werden, aber das Geheimnis ist Gott, das weiß er ja. Am Parkplatz lässt er sich wohltuend in den Fahrersitz. Vielleicht kommt das vom Diabetes, denkt er. Wenn der Zucker nicht in Energie umgewandelt wird, fehlt die Leistung. Er dreht sich noch eine Zigarette und raucht sie, im Auto sitzend. Auf dem Teer des Feldwegs fallen ihm die lehmigen Schlepperspuren auf, und einen Moment lang denkt er: Der Dreck von den Schlepperspuren geht mich in der Heimat mehr an als alle Schiffe Hamburgs zusammen.

Ja, denkt er, ich bin wieder in der Heimat. Aber ich kann nicht einfach an das Leben von früher anknüpfen. Ich kann nicht wieder als einsamer Wolf durch die Gegend streifen. Ratlos steckt er den Schlüssel ein, startet den Motor, schließt den Sicherheitsgurt und fährt los. Zuhause wartet seine Frau auf ihn.

Sie machen eine Spazierfahrt auf die Alb. Auf dem Rückweg kommt ihm die Idee, bei den Traifelbergfelsen vorbei zu schauen. Sie parken das Auto im Wohngebiet und gehen den Pfad hart am Abgrund entlang durch den Wald. Felszinnen ragen über das Tal hinaus. Auf einer von ihnen ist er gesessen und hat versucht, sich die Pulsadern aufzuschneiden. Damals, mit dreiundzwanzig. Den Ort will er noch einmal sehen.

»Ist das eine gute Idee?«, fragt seine Frau.

»Ich denke schon.«

Doch es ist eine bloße Ortsbegehung, eine Tatortbesichtigung nach fast dreißig Jahren. Er war zurück aus Melbourne, seine Freundin hatte die Beziehung beendet, er hatte keine Perspektive mehr. Er kann die Gefühle von damals nicht nachvollziehen. An der ersten Felszinne fehlt der Baum, an dem er sich in einem zweiten Versuch festgehalten hat, über dem Abgrund, um nur loszulassen zu brauchen. Die zweite ist zu schmal, dort hätte er nie sitzen können. Und die dritte sieht völlig anders aus, als er in Erinnerung hat. Nicht einmal den Ort finde ich wieder, denkt er. Schließlich gehen sie zurück zur zweiten Felszinne, vorsichtig, er ist inzwischen nicht mehr schwindelfrei, und schauen sich den Felsen an.

»Dort irgendwo war es«, sagt er und deutet

mit der Hand. »Da bin ich gesessen und habe versucht, mir mit meinem Jagdmesser die Pulsadern aufzuschneiden. Aber ich hab Rollvenen«, lacht er bitter, »ich habe es nicht geschafft.«

Seine Frau hört schweigend zu. Er hat es ihr bereits früher erzählt, aber den Schauplatz so vor Augen zu haben, macht sie betroffen.

»Die ganze Welt mit ihrem Elend und ihrer Ausweglosigkeit hat mich angeekelt«, erinnert er sich. »Ich wollte nur, dass alles endlich vorbei ist. Ich hatte eine verschwommene Vorstellung von Heimkehr und bei Gott Sein, die mich getröstet hat. Sonst hätte ich es nicht gemacht.«

Er steht eine Weile und schaut hinunter ins Tal. Gegenüber das Schloss Lichtenstein auf seiner Schroffe. Aber es ist ruhig in ihm. Es ist zu lange her. Er kann mit dem schicksalsträchtigen Ort nichts anfangen.

»Dann hab ich mich an einem Ast über den Abgrund gehangelt und darauf gewartet, dass ich loslasse. Es wäre ganz einfach gewesen. Aber ich hatte nicht den Mut dazu. Das ist alles lange her. Der junge Kerl, der aus Melbourne zurück war, bin ich nicht mehr. Das wird mir hier klar. Das gehört alles zu einem anderen Leben.«

Sie stehen noch eine Zeit lang, Hand in Hand, dann wandern sie den Pfad zurück zum Auto.

Er hält das Buch in Händen. Sein erstes, selbst gemachtes Buch. Das Cover ist so, wie er es entworfen hat, er blättert die Seiten durch und findet alles so, wie er es von der Datei auf dem Rechner kennt. Es hat einen Barcode und eine ISBN, wie alle anderen Bücher. Es ist wirklich *sein* Buch, niemand sonst hat dabei seine Finger im Spiel gehabt, und er hat nicht das Gefühl, es bei der Veröffentlichung weggegeben zu haben an den Verlagsbetrieb. Es ist auch schön, wieder einmal ein Buch von sich gedruckt zu sehen. Doch, denkt er, das kann so weitergehen. Und er nimmt sich gleich den nächsten Roman vor, den er veröffentlicht haben möchte, eine Parabel, die in einem Mädchenpensionat in Südfrankreich spielt. Seine Frau findet das Buch sehr ansprechend und liest hinein.

»Das sind deine Erlebnisse von früher«, sagt sie.

»Unsere Alberlebnisse während der Heimatbesuche von Hamburg aus sind auch drin«, erklärt er. »Und vielleicht kommen hier unten noch weitere hinzu. Dann mache ich einen zweiten Band.«

»Du könntest es in einer Buchhandlung hier anbieten«, meint sie, »bei den Regionalia. Ich glaube, das käme gut an.«

»Was ich mir überlegt habe, ist, es bei den

Hofläden auf der Alb auszulegen. Für Wanderer und Liebhaber. Da findet es eher sein Publikum.«

»Du könntest auch immer ein paar Exemplare im Rucksack dabei haben, wenn wir auf der Alb sind. Wer weiß, vielleicht ergibt sich mit jemandem ein Gespräch.«

Ja, ich bin wieder in der Heimat, denkt er. Trotzdem fragt er sich, was er nun hier in der Heimat soll. Wo sein Platz ist. Er hat immer noch schriftstellerischen Ehrgeiz, er will, dass seine Bücher gelesen werden. Das erste Ziel muss sein, sagt er sich, alle Bücher, die mir am Herzen liegen, zu veröffentlichen. Ob über einen herkömmlichen Verlag oder über Print-on-Demand ist egal. Und dann wird man weitersehen. Auch, welche Rolle mein Agent weiterhin spielen soll.

Er fühlt sich wie eingezwängt. Wie unter einer bedrückenden Last. Kaum Spielraum. Die Arbeit geduldig und mühselig, keine Begeisterungen, keine Höhenflüge. Körperlich geht es ihm nicht gut, er ist wetterfühlig, und das Wetter wechselt gerade täglich. Schwierigkeiten mit der Verdauung, Blähungen, Übelkeit. Einen Druck im Schädel, dass ihm ganz flau und zittrig wird. Er fühlt sich wie gelähmt. Ich weiß nicht, wie lange ich das noch aushalte, denkt er. Schon beginnt es in ihm wieder aufzubegehren. Irgendwann bricht das aus, denkt er. Jetzt tut ein Kaffee gut, ein löslicher, und eine Zigarette auf dem Balkon. Es ist Abend und schon dunkel geworden. Tagundnachtgleiche ist vorbei, das Frühjahrs-Äquinoktium. Die Tage sind wieder länger als die Nächte. Seine Frau macht gerade das Abendessen, aber für ihn ist das heute nichts. Heute Mittag hatte er einen Heißhunger auf Salat und hat sich eine Schüssel voll gemacht, aber sich hinterher erbrochen. Im Fernsehen läuft eine Folge der Tierärztin aus Leipzig.

Er erzählt ihr von seiner Beziehung zu Gott. Von seinen wechselnden Gefühlen. Davon, dass er an guten Tagen oft eine kindliche Zutraulichkeit empfindet, ihm von Herzen dankt und sich an seiner Fürsorge freut. Aber dass er sich an schlechten Tagen von Gott schnell verraten und schikaniert fühlt und wütend auf ihn ist. Er findet das eine kindliche Beziehung zu einem unberechenbaren Vater.

»Deine Beziehung zu Gott«, sagt sie, nachdem sie ihm zugehört hat, »ist eine typische Borderline-Beziehung. Sie schwankt zwischen überschwänglicher Begeisterung und misstrauischer Kränkung hin und her. Eine unzuverlässige Beziehung, so, wie du Beziehungen meistens empfunden hast. Das liegt aber nur an dir«, sagt sie und lächelt ihn freundlich an.

»Jesus ist verlässlich und treu«, sagt sie dann ernst. »Er zeigt dir, dass es stabile Beziehungen gibt, auch wenn nicht alles nach deinen Wünschen läuft. Dass du gegen ihn wüten kannst, ohne dass es Folgen für die Beziehung hat.«

»Dann besteht ja noch Hoffnung«, sagt er.

Als sie ins Bett gegangen ist, denkt er darüber nach. Manchmal wünschte er, Gott wäre für ihn wie ein Berg. Wie der Zeugenberg. Fest und unwandelbar überm Land thronend, freundlich allem zuschauend, immer bereit, ihn aufzunehmen, wenn er kommen will. Eine dauerhafte Größe in seinem Leben. Aber Gott ist nicht nur Zeuge und Hüter, sagt er sich. Gott *handelt*. Mit mir. Da bewegt sich ständig etwas. Im Grunde, denkt er, ist das meine Rettung. Du lässt mich nicht in Ruhe.

Im Landgasthof auf der Alb kehren sie am Sonntag ein. Touristen und Einheimische, der Parkplatz gut belegt, auf der Terrasse tummeln sich Wanderer, Radfahrer und Ausflügler. Sie bekommen noch einen Tisch, setzen sich und bestellen. Die Bedienung hat einen blonden

Pferdeschwanz und einen slawischen Akzent. Aushilfe, denkt er. Er bestellt wieder Linsen mit Spätzle und Saiten, sie nimmt den Wacholderlammbraten mit Rosmarinkartoffeln, dazu ein Krüglein vorjährigen Mosts. Er lehnt sich gelassen zurück. So, an einem festen Platz mit dem Essen in Aussicht, lässt sich der Rummel ertragen, ja, hat sogar etwas Gefälliges. Eine Art Gemeinschaft. Alle sind sich heute einig, wollen nur Muße und Vergnügen, lassen einander in Frieden. Manche warten auf einen freien Tisch. Einer legt sich in einen der aufgestellten Liegestühle und bestellt ein Bier. Eine schwergewichtige Frau fragt um einen Stuhl, weil sie im Stehen nicht warten kann. Leere Biergläser, leere Kaffeetassen mit Schaumrand, Hunde kommen zum Wassernapf. Drei Frauen sitzen auf der Eckbank und trinken Sekt. Hier, erinnern sie sich, haben sie ihre Hochzeit gefeiert, vor sechzehn Jahren.

Das Sitzen in der Sonne, das Bedientwerden und gut Essen weckt Wünsche und Verheißungen. Sie genießen das Hiersein. Ich muss nirgends mehr hin, sagt er sich. Ich bin angekommen. Er atmet auf und lässt sich in die Stuhllehne sinken. Es geht ihm gut. Dann kommt das Essen.

In dem Städtchen auf der Alb wartet er zwei Stunden, bis seine Frau Feierabend hat. Er holt sie mit dem Auto ab. In einem Eiscafé trinkt er einen Cappuccino an einem Tisch im Freien. Nebenher liest er in einem heimatkundlichen Archäologiebuch über einen Handwerker, der einen elfjährigen Knaben wegen dessen silberner Uhr ersticht. Er bummelt durch die Altstadt mit den Fachwerkhäusern und Pflastergassen. Da noch Zeit ist und er Durst hat, geht er in den *Spund*. Zutritt ab 18 Jahren, steht über dem Eingang. Drinnen drängen sich fünf am Tresen, er setzt sich ans Fenster und bestellt ein Bier. Aschenbecher stehen auf dem Tisch, er erkundigt sich, ob man hier wirklich rauchen darf.

Er trinkt das süffige, kühle Bier, raucht und liest wieder in dem Buch. Dort wird im achtzehnten Jahrhundert ein Wegelagerer gerädert; das Spohnsche Kreuz zeuge davon. Von der Unterhaltung am Tresen bekommt er nur einzelne Sätze mit, die sich aus dem Gewirr herausheben. Er holt sein Moleskine hervor und notiert sie. Es ist kurz vor halb sechs. Mit seiner Frau wird er sich am Auto treffen. Für das Bier zahlt er dreizwanzig.

Am Wegrand findet er einen aufgeblühten Huflattich. Unscheinbar, leicht zu verwechseln mit Löwenzahn. Aber er kennt die Unterschiede. *Tussilago farfara*. Hustenarznei, aufstrebender Schuppenstängel mit goldgelber Fransenkrone. Gedeiht an Wegrändern, in Steinbrüchen, an Bahndämmen. Karge, durchlässige Böden, Staunässezeiger. Der deutsche Name nennt die hufeisenförmigen Blätter, grundständig und filzbehaart. Manche rauchen bei Beschwerden das Kraut in der Pfeife. Er zeigt sich früh im Jahr, blüht still und bedächtig in der ersten Hitze, nickt in den Brisen aus Südwest, schickt im Sommer seine Flugschirme über die Flur. Kleine Sonne, wärmt und erleuchtet. Steht einfach da, braucht niemanden, ist nichts als er selbst. Eine Wirklichkeit, die tröstet. *Lauter Wirklichkeiten*, sagt Gerd Gaiser. *Eigentlich kann uns gar nichts passieren.*

Er unternimmt weitere Streifzüge auf der Alb. Seine Frau lässt ihm das Auto da, wenn das Wetter viel versprechend ist. Meist beginnt es damit, dass er in einem Fachbuch von einer vergessenen Burg liest, von einem Kleindenkmal, einer entlegenen Kapelle, einem schönen Bildstock. Oder er studiert die Topographischen Karten im Maßstab 1:25000 und entdeckt eine

Hülbe, ein Flurkreuz oder einen Kalvarienberg. Dann beschließt er, sich das vor Ort anzusehen. Er recherchiert im Netz oder in Oberamtsbeschreibungen oder im Burgenführer und weiß ein wenig darüber Bescheid, was ihn erwartet.

Früher warf er sich in Leder, stieg auf sein Motorrad und brauste los. Mit dem Auto ist das anders. Nach etlichem Zaudern nimmt er Rucksack, Jacke und Schlüssel und schließt hinter sich die Wohnungstür ab. Es fällt ihm schwer, sein ruhiges Sofasitzen aufzugeben und sich in Bewegung zu setzen. Auf dem Gang in die Tiefgarage merkt er gar nicht, dass er unterwegs ist. Träge sitzt er noch immer auf dem Sofa und stellt sich vor, was er nun gerade ausführt.

Im Hofgut sieht er drei weidende Stuten hinterm Zaun, ein Apfelschimmel darunter. Neugierig wenden sich ihm drei Gesichter zu. Als er weiter geht, lispeln sie das magere Gras von der Wiese. Aus den Luken des Stalls hängen die Anderen ihre Köpfe wie zur Ahnengalerie; eines wiehert und trägt laut den Erkennungsruf übers Gelände. Erst das Motorflugzeug am Himmel macht die Stille hörbar.

Kalter Wind von Nordwest. Es ist frisch auf der Alb. Haufenwolken ziehen und schicken Schatten über das pastellene Relief. Sie fahren zu einem Gehöft, das einen Hofladen betreibt. Das Hoflädle hat zwei Stunden geöffnet. Als sie im Hof aussteigen, kommt eine Katze gelaufen, eine schwarze mit Bernsteinaugen, umschmust ihre Beine. Am Lädle hängt eine Glocke, *Bitte läuten!*, der Ton klingt laut und hell über den Hof. Die Bäuerin kommt gegangen in Jeans und grauem Shirt. Eine zierliche, kleine Person. Das Gelass mit den guten Sachen ist gering, drei Regale, eine Käsetheke, ein Kühlschrank mit Glastüren. Sie entschuldigt sich, dass es um diese Zeit noch nicht viel gebe: Äpfel in Körben, Zwiebeln, Rüben und Runkeln, Tomatensoße und Ketchup, Süßigkeiten, Nudeln, Mehl, Dosenwurst, nicht alles biodynamisch und nicht alles von hier. Broschüren liegen auf, ein Veranstaltungskalender für die Amts-stadt. Lauter Wirklichkeiten, denkt er. Sie lassen sich ein Glas selbst gemachte Marmelade und von der Kühltheke zwei Sorten Käse geben. Er kommt mit der Frau ins Gespräch. Die Anwendung anthroposophischer Grundsätze auf die Landwirtschaft. Noch der Opa vergrub Kuhhörner mit Kristallen gefüllt im Acker, damit die Erde Licht tanken könne. Auch seine Enkelin hier, diese schmächtige Frau mit der wettergegerbten Haut und dem graumelierten Haar, ist etwas Besonderes. Gerade ihre Unscheinbarkeit, ihre Zurückhaltung und das Strahlen im Gesicht, wenn sie von den Gästekindern erzählt, die überall reinschauen dürfen, von den Kühen, von den Schweinen, zeugen von einer inneren Kraft. Ein klarer, ruhiger Blick, der gelten lässt, ein Leuchten in den graublauen Augen, die ihn geradehin ansehen, sodass er manchmal wegschauen muss, ein Blick, der zu durchschauen scheint, vielleicht um eine Wahrheit weiß, die Andere nicht kennen. Vielleicht ist es die Weltanschauung, vielleicht auch nur die Lebensweisheit einer bescheidenen Frau. Draußen im Hof packen sie die Güter ein und fahren weiter. Der Besuch hat ihn beeindruckt. Lauter Wirklichkeiten, denkt er.

Er schreibt gerne Wirklichkeiten. Er sammelt sie. Aus dem Alltag, aus der Natur, aus den Filmberichten im Fernsehen. Sie sind für ihn eine Literaturgattung, die er selbst erfunden hat. Damals, im Studium.

Es begann mit Sachverhalten: einfachen, präzisen Sätzen, die das Verhältnis verschiedener Sachen zueinander schilderten. Konstellationen von Dingen und Menschen. Es begann mit dem Satz, der ihm einmal auf dem Bahnhof der Universitätsstadt in den Sinn kam: *Ein Bahnarbeiter geht über die Gleise und sammelt mit einer Blechzange Abfälle.* Das war für ihn eine Offenbarung. Das machte die Welt um ihn her, dieses Knäuel aus Gefühlen, Gegenständen und Bewandtnissen, plötzlich zu einer klaren, fassbaren Wirklichkeit. Fakten. Aussagen. Beobachtungen. Ohne Kommentar und Bewertung. Ohne weitere Bedeutung. Das schuf für ihn eine Realität, auf die er bauen, auf die er sich verlassen konnte, eine Welt, in der alles einfach und eindeutig war.

Er hatte bis dahin nicht gewusst, dass Sprache so eine Macht hatte. Aus den Sachverhaltssätzen wurden allmählich Wirklichkeiten, kleine Ausschnitte aus der täglichen Realität, die ihm Halt gaben und ihn trösteten. Oft konnte so eine Wirklichkeit den Tag retten, wenn es ihm gelang, das Erlebte und auch den bloßen Alltag sprachlich auf diese Art zu fassen. Die Welt wurde ihm verständlich, wenn auch die Nüchternheit und Sachhaltigkeit so einer Wirklichkeit unauslotbar war. In Hamburg hatte er Wirklichkeiten gesammelt auf seinen Streifzügen durch die Millionenstadt, lauter zufällige Einblicke in das Leben der Menschen. Er hatte die Notizen von seinem Moleskine in eine Datei übertragen und überlegt sich nun, sie als ein kleines Büchlein zu veröffentlichen. Mit seinem Print-on-Demand-Verlag kann er das jetzt, völlig unabhängig von Lektor und Agent. Und gerade jetzt, in dieser verwirrenden Zeit mit dem Neuanfang in der Heimat, helfen ihm die Texte, die Tage zu bestehen. Sie lassen ihn wieder an eine Welt glauben, die bewältigbar ist.

Von Gründonnerstag bis Ostersonntag fliegen die Glocken nach Rom, heißt es, und berichten dem Papst von der Zucht im Dorf. Als Kind steht man vermutlich im Freien, denkt er, und will sie fliegen sehen. Man fragt sich, wie sie über die Alpen kommen. Ob sie zurückfinden in den heimischen Glockenstuhl. Sonst hätte man das ganze Jahr die Klepperbuben, die rätschend durchs Dorf gehen und die Gebetszeiten aussingen. Katholisches Brauchtum auf der Alb.

Auch eine Wirklichkeit: Vom Ausfluss der Balanitis klebt die Vorhaut an der Unterhose.

Mit Erde an den Stiefeln von seinem Streifzug fährt er in ein Albdorf an der Lauter. Dienstagnachmittags hat das Rathaus geöffnet. Er findet es in einer Grünanlage hinter der Kreissparkasse. Am Postschalter erklärt er der jungen Frau sein Anliegen: die Ortschronik von Dapfen. Ein heimatgeschichtliches Werk. Sie geht ins Amtszimmer und fragt ihre Kollegin, während er das gewünschte Buch im Regal stehen sieht. *1100 Jahre Dapfen*, verlegt von der Gemeinde. Sie kommt mit der betrüblichen Kunde, dass keines mehr übrig ist und sie das Ansichtsexemplar im Regal nicht verkaufen darf. Ob denn eine Neuauflage in Sicht sei. Das weiß sie nicht. Kurz verlegt er sich aufs Bitten, da steht ja des Begehrte, sieht aber ein, dass sie weisungsgebunden ist.

In der hiesigen Buchhandlung fragt er nach dem Dapfen-Buch, aber das sei gar nicht in den Handel gekommen, sagt die Buchhändlerin, das sei nur an die Einwohner gegangen. Und wer es in Dapfen hat, sagt sie und lächelt verschmitzt, gibt es nicht her. Sie muss es wissen, sie kommt von dort. Ihm fällt sein Alb-Büchlein ein, und er fragt, ob sie auch Print-on-Demand-Titel ins Sortiment übernehmen würden. Allmählich kommt heraus, dass sie ihn von der Lesung hier vor acht Jahren noch kennt, sie überlegt lange, dann fragt sie zögernd nach seinem Namen. Sie kennt die Töpferin von Wasserstetten. Er ist verblüfft. Er hat ein kleines Portrait über die Töpferin und ihre Werkstatt in seinem Alb-Büchlein geschrieben.

»Das hat sich herum gesprochen?«, fragt er verwundert.

»So ist das bei uns«, sagt die Buchhändlerin und grinst. Sie notiert sich den Titel.

»Ich könnte mir vorstellen, aus diesem Bändchen in Ihrer Buchhandlung wieder eine Lesung zu geben,« sagt er.

»Ja, das wäre eine gute Idee«, sagt sie unverbindlich. Jetzt bereut er es, dass er kein Ansichtsexemplar im Rucksack hat.

»Ich bringe es Ihnen mal vorbei«, sagt er, »wenn ich wieder auf der Alb bin.«

Wie gute Freunde gehen sie auseinander.

Dem Freund in Hamburg schreibt er, dass es die richtige Entscheidung war. Sie seien in der Hansestadt einfach nicht heimisch geworden, und im Gegensatz zu ihm habe er sie nicht als Wahlheimat erkoren. Hier unten gehe es ihm besser, wenn auch nicht so gut, wie er gehofft habe. Die Angst und die emotionalen Abstürze gebe es immer noch, und auch gehe er wenig aus dem Haus. Nur zu Ausflügen auf die Alb. Aber er habe jetzt seinen Lebensabend eingeläutet, mit Anfang fünfzig vielleicht ein bisschen früh, doch er sei jetzt endlich dort angekommen, wo er hingehöre, werde Bücher veröffentlichen, wie und wann er wolle, hoffe weiter auf seinen Agenten und wünsche sich ruhige, heitere Tage. *Friedlich und heiter ist dann das Alter*, zitiert er Hölderlin. Der Freund antwortet nicht, braucht er auch nicht. Er hat das Bild von seinem künftigen Leben fertig.

Warten zuhause auf seine Frau. Draußen klingt Lärm vom nahen Stadion herüber, Grölen, Gesänge, Sprechchöre, einmal Torjubel. War morgens der Himmel noch frühlingsblau, hat er sich nun bezogen. Im Fernsehen entziffert der Epigraphist die Maya-Schrift. Der sitzt da im Akademikerhemd mit Brille, im Hintergrund ein Zeichenbrett mit Bögen voller Glyphen darauf. Der Vater ruft an und erzählt, dass er sich sein Essen von einem Lieferdienst bringen lässt. Will i mal ausprobiera, weißt, sagt er. Ein unguter Tag, eng und verworren. Er wünscht sich Klarheit, Ruhe, aber ständig treibt ihn etwas. Am Rechner bringt er nicht viel zustande,. Er schaut die gewohnten Vorabendserien und wartet auf ihren Schlüssel im Schloss. Am Abend schauen sie einen Film und kuscheln auf dem Sofa miteinander. Dann muss sie ins

Bett, weil sie hundemüde ist. Das sind so meine Tage, denkt er. Eintönig. Aber das Gleichmaß tut ihm gut. Ich warte auf etwas, erkennt er. Auf etwas Großes. Immer noch.

Sie gehen essen im Gestütsgasthof Sankt Johann. Die Betonung auf der zweiten Silbe bewahrt den alten Namen: *Sankt Johannis.* Er löffelt die Maultaschen in Brühe, der Kartoffelsalat erfrischt. Sie zahlen und gehen spazieren. Hinter den Stallungen entdecken sie ein altgediegenes Fachwerkensemble um einen Brunnen herum. Er will die Dachsteven fotografieren, aber seine Hände zittern so, dass er es nicht scharfstellen kann.

»Das wird immer schlimmer«, sagt er. »Hoffentlich ist das nicht Parkinson.«

»Das kommt wahrscheinlich von den Medikamenten«, sagt sie.

Riesige Kastanien wölben sich über den Platz und blühen. Der Brunnen hat ein Handrad zum Öffnen, drehen sie es, strömt das Wasser kräftig und hell und verplätschert im steinernen Trog. Klafterholz liegt aufgebeigt unter Vordächern, das alte Gutshaus hat ein Uhrtürmchen, dort ist die Zeit stehen geblieben. Längst vergessene königlich-württembergische Forstdirektoren schreiten den Rabattenweg zur Tür. Ein Winkelort, denkt er. Ein nostalgisches Heimatbild. Ein Raunen, eine Ahnung von Verwurzelung, an die man nicht reicht. Was wohnt hier seit Jahrhunderten?, fragt er sich. Ein Schauer überläuft ihn. Heimat kann auch abgründig sein, denkt er. Wer bin ich dagegen? Eine Episode, eine vorübergehende Erscheinung. Er ist froh, als sie zurück am Auto sind.

Es wird Sommer. Sie nehmen die Feste mit, die die Jahreszeit bietet: den Ostermarkt bei *Albgold*, das Maifest in Bernloch, das Köhlerfest in Kohlstetten, das Bockbierfest in Ödenwaldstetten an Himmelfahrt, das Pfingstfest auf der Nebelhöhle. Diese Feste blieben ihnen bisher versagt, sie waren immer nur im Sommer zu Besuch. Er genießt es, kennt es noch von früher. Besonders das Nebelhöhlenfest reicht in seiner Erinnerung bis in die Kindheit zurück. Noch heute entzückt ihn das bunte Treiben mitten im Buchenwald: Karussell, Boxauto, Schießbude und die Grillrote des TSV Genkingen. Türkischer Honig und gebrannte Mandeln. Das können wir jetzt jedes Jahr haben, sagt er.

Draußen Tropenhausgrün, feuchte Luft, graue Wolkendecke. Die Nachbarhäuser sind nah, die Gärten verwildern im Regen. Der Lavendel ist im Topf verkümmert. Die Passionsblume treibt nicht neu aus. Für eine Zigarette bleibt er auf dem Balkon, weiß nichts anzufangen mit den Stunden, ohne Sentiment und Kraft. Kraft, denkt er, bedeutet Ausdauer der Lust, sagt Max Frisch. Das stimmt einfach.

Er holt sie wieder von der Arbeit ab. Statt im Auto zu warten, bummelt er durch das Städtchen. Lauter Wirklichkeiten, denkt er und zückt sein Moleskine. Ein altes Spielcasino mit verhängten Fenstern, *spielend vergnügen und gewinnen*, seit Langem leer stehend. Ein Zirkusplakat klebt an der Scheibe. Darüber die Fenster des Wohnhauses, ungestrichene Holzrahmen, das mittlere steht offen. Einmal beugt sich eine orientalische Frau heraus und schaut die Straße auf und ab. Die Alte Post, ein mittelalterlicher Bau mit rotweiß bemaltem Fachwerk und überkragenden Stockwerken. Auf dem Dach zwei Reihen von Giebelfenstern. Alte Herberge. Das gelbe Schild mit dem Emblem von Messer und Gabel weist das Gasthaus aus. Im kunstvollen Schmiedeschild ein goldener Hirsch. Die Straße dort heißt Postberg.

Er hält es nicht aus. Muss auf den Balkon, ins Freie. Es regnet. Dort sitzt er und raucht und versucht, eine Ordnung zu erlangen, eine Reihenfolge zu finden. Verknotung, denkt er, das trifft es einfach. Ein Knäuel verschiedenster Fäden, das sich völlig verstrickt hat; egal an welchem Faden man zieht, es schnürt sich nur noch fester zusammen. Eine Lähmung, dabei voller Spannung. Kleinigkeiten können sie kippen lassen zu Resignation oder Wut. *Coincidentia oppositorum*: die Zusammenspannung widersprüchlicher Affekte. Er weiß, dass er nichts dafür kann. Aber es reißt ihn jedesmal wieder hinein. Daran kann man sich nicht gewöhnen, denkt er. Er muss es ertragen. Manchmal kippt das Gleichgewicht der Kräfte, und er wird wütend. *Lieber wütend als traurig*, denkt er an die Biografie über Gudrun Ensslin. Obwohl die Wutanfälle heftig sind und er meist etwas abbekommt, ist damit wenigstens die Spannung aufgelöst.

Beim abendlichen Quiz raten sie mit. Er weiß viel, sie staunt.

»Ich bin eben intellent«, sagt er scherzhaft.

»Nein, im Ernst«, sagt sie, »ich bin froh, mit einem Mann verheiratet zu sein, der mir das Wasser reichen kann. Nicht so wie die Dumpfbacken in der Arbeit.«

Er sagt nichts. Manchmal ist sie ein wenig großmundig, denkt er. Von sich eingenommen. Aber das tut ihr gut. Sie hat sowieso zu viele Skrupel und Selbstzweifel.

»Bewirb dich doch mal! Das Geld könnten wir gut gebrauchen.«

Er winkt ab. »Ich mit meinen Wortfindungsstörungen würde da kläglich untergehen. Unter Zeitdruck kann ich nicht denken.«

»Aber da steht doch nichts unter Zeitdruck!«

»Am Anfang schon, wenn ein neuer Kandidat gesucht wird.«

»Das würdest du schaffen«, meint sie.

»Und dann die ganzen anderen Fachgebiete. Das Leben der Promis. Königshäuser, Schlagersongs, Politik. Davon hab ich keine Ahnung.«

»Dafür hättest du ja die Joker.«

»Trotzdem«, sagt er. »Das wäre mir viel zu viel Stress. Damit wäre ich nervlich überfordert!«

»Wahrscheinlich hast du recht«, sagt sie. »Schade drum!«

Sie fahren durchs Sommerland. Wie früher, denkt er. Auf kleinen Sträßchen durch die Flur. Manche Wiesen stehen noch hoch mit den Blumen und Gräsern des Juni. Manche sind gemäht und liegen grünweiß mit zerworfenem Heu. Die Wälder quellen aus den Säumen, Buschriegel säumen die Wege, zwischen Ackerschollen zeigt sich zages Grün. Es ist heiß, an die dreißig Grad, auch auf der Hochfläche. An einem Feldrain rufen die flappenden roten Mohnblüten ihnen Schlafbotschaften zu, fiebernde Träume vom Hochstand des Lebens. Durst haben sie und Schatten suchen sie. Ein Fleckchen zum Bleiben, als hätten sie die Schatzkarte im Gepäck.

»Schnell ist's heuer gegangen«, findet seine Frau. »Noch neulich die Obstblüten und kahle Wälder, jetzt dichter Forst und die erste Mahd.«

»Der Frühling ist vorbei für dieses Jahr«, pflichtet er bei. »Nächstes Jahr kommt er wieder. Da sind wir immer noch hier.«

Auf dem Balkon beobachtet er die Meisen, die zum neu gekauften Futterhaus kommen. Sie kriegen Bio-Sonnenblumenkerne, geschält, weil sie sonst die Schalen aufkehren müssten. Nicht jedes pickt sein Körnchen auf und fliegt wieder weg. Eines setzt sich immer auf die Zweige der Olive im Topf oder aufs Dach des Futterhauses und frisst es gleich. Er kann zuschauen, wie es mit dem spitzen Schnabel die

Samenhüllen entfernt und dann das weiße Mark zupft. Das macht es dreimal. Mit dem vierten Körnchen fliegt es weg. Er schaut mit einer wehmütigen Liebe den Geschöpfen zu. *Und Gott im Himmel nährt sie doch,* denkt er.

Er erinnert sich an den Filmbericht über eine Autistin, den sie beide einmal gesehen haben. Die junge Frau aß jeden Tag Wirsing, ihre Mutter musste ihn kochen. Das gab ihr Halt. Sie hatte für sich den Satz geprägt: Nur ein Tag mit Wirsing ist ein guter Tag.

»Das könnte ich über meine Wirklichkeiten auch sagen«, sagt er zu ihr.

»Was denn?«

»Nur ein Tag mit einer Wirklichkeit ist ein guter Tag.«

Barfuß im Gras, über die Wiese hinüber zum Fluss. Die Mahd ist schon eingebracht Ende Juni, auf der Straße jaulen die Motorräder. Die Wolldecke ausbreiten, ein Platz am Wasser, hinter Brennnesseln und Mädesüß, im Schatten der laubflirrenden Silberweiden. Keine Bremsen belästigen sie, ein Schluck aus der Wasserflasche macht die Kehle geschmeidig. Er streckt sich wohlig aus, während sie im Wan-

derführer liest. Die Sonne flittert in den Baum-
kronen. Das Wasser läuft und läuft, eifrig und
schnell, über Wacken und Untiefen, ein
Schwatzen und Gurgeln, wenn es einmal still
ist auf der Straße. Ewig so lauschen, denkt er,
dem endlosen, tröstlichen Lied des Flusses.
Horchend auf die Zufallsmelodie, die die
Schöpfung in jeder Sekunde spielt. Lauschen
dem beseelenden Geist, der in allem wirkt: im
Rauschen der Blätter, im Lauf des Wassers, im
Zwinkern der Sonne. Gott zuhören. Frieden.

Beim Bäcker im Supermarkt kauft er Gebäck
für den Tee, den er nachher kochen wird. Als
er heimkommt, sitzt sie auf dem Balkon, trinkt
Weißwein und liest in seinem Albbändchen.

»Das sind einfach schöne Geschichten«, sagt
sie.

Nachher sitzen sie beim Tee im Wohnzimmer, und sie erzählt von der Gewerkschafts-
kundgebung, auf der sie heute war.

Die rosa überhauchten Morgenwolken sehen
aus wie ein großes Schneegebirge, und für einen Moment stehen die grünen Bäume und
das Hochhaus am Fuß des Himalaya.

Abends schauen sie eine Krimiserie mit bayrischen Polizisten.

»Was bin ich froh«, sagt er plötzlich, »dass wir jetzt nicht in Hamburg hocken!«

»Och«, neckt sie ihn, »gegen einen Bummel an den Landungsbrücken hätte ich jetzt nichts einzuwenden.«

»Du hast recht«, sagt er. »Es war nicht alles schlecht.«

War der Vater ein Nazi?, fragt er sich. Mit zwölf? Er hat ihn nie gefragt. Der Vater erzählte, dass er bei den Werwölfen dazu ausgebildet wurde, Minen unter rollende Panzer zu legen. Er war gezwungenermaßen in der Hitlerjugend, wo es ihm aber wegen der autoritären Struktur nicht gefiel. Seine einzige Chance auf eine höhere Bildung bestand in der Napola in Nürtingen, wo er zum Verwalter in den künftigen Ostprotektoraten ausgebildet werden sollte. Er hat sich nicht wohl gefühlt dort. Bei Kriegsende wurden die Schüler heimgeschickt, er ist die fünfzig Kilometer zu Fuß gegangen.

Als er Jugendlicher war, hörte er vom Vater manchmal Sprüche wie »Unterm Adolf hätte es das nicht gegeben!«, und auch später im Alter wettert er noch manchmal gegen Ausländer. Aber sonst?, fragt er sich. Wie viel hat die Propaganda bei ihm hinterlassen? Wie denkt er über die neue demokratische Zeit mit ihrer Toleranz- und Pluralismusforderung? Er könnte ihn fragen, aber das Fass will er jetzt nicht mehr aufmachen.

Auf dem Weg in den Nachbarort fahren sie am einstigen Arbachbad vorbei. Dort plantschte man in blauen Becken zu Füßen des Zeugenberges. Auch heute steht er mächtig und beeindruckend vor dem Himmel, überragt die Straßen und Autos und Ampeln. Südbahnhof, früher. Er ist jetzt ein Sommerberg. Er sieht ihn nicht mehr auf dem Balkon. Grüne samtige Flanken, das Lächeln des hellen Felsenkranzes, der Turm, Nabel des Himmels, das Gekraus des Waldes, das freie Recken und Sichstrecken dessen, was er den Menschen zu geben hat. Man muss nur kommen und nehmen, denkt er im Vorbeifahren.

In der Stadt herrscht Fernhimmel. Blau steht er über den Altstadtdächern wie ein Meer. Das fällt ihm plötzlich auf. Vor dem Busbahnhof am Willy-Brandt-Platz stehen sie an der Fußgängerampel, der Platz ist weit, der Blick geht über die ferne Stadt hinter den Häusern des

Stadtgrabens. Das Fernmeldeamt an der Karls-
straße. Früher war hier der Kinderarzt, erinnert
er sich, und als Kind habe ich hier schon die
große weite Welt geahnt. Die Sehnsucht hat
hier ihre Wurzeln, erkennt er. Obwohl er gerade aus der großen Hafenstadt kommt und
der Traum von der fernen Stadt gescheitert ist,
findet er ihn hier wieder, wie konserviert. Er
geht zur Stadtbibliothek, wo er einen Ausweis
bekommt und Comics ausleiht, wie damals in
Nürnberg. Die alte Stadtbücherei befand sich
im Spendhaus, er erinnert sich. Knarrende
Holztreppen, schwartiger Geruch, die Bild-
bände über die Fußball-Europapokale. Er
schaut nach: Außer dem Erstling ist keins von
seinen Büchern im Bestand. Das muss man ändern, sagt er sich. Kann man hier nicht irgendwo Anschaffungsvorschläge machen? Er
füllt ein Formular aus und trägt die Titel seiner
wichtigsten Werke ein, vor allem den des Alb-
bändchens.

Verwirrt geht er mit seiner Frau durch die Altstadt, die sich samstagmittags bereits leert. Der
chinesische Laden, den sie ausfindig gemacht
haben, könnte, rummelig und improvisiert, wie
er ist, in Hongkong stehen. Die kleine Chine-
sin an der Kasse schaut auf dem Monitor

chinesische Seifenopern. Wer weiß, woher sie den Kanal hat, denkt er. Im Kaufhaus ist der Traum noch lebendiger. Er erinnert sich lebhaft an das Comicabenteuer mit den beiden Reportern, die in der Nacht ins Kaufhaus einbrechen. Versteck im Kleiderschrank, mysteriöse Begegnung, die Spur führt nach Tunis, dann gehen sie auf Nashornjagd. Das ist jetzt meine Wirklichkeit, denkt er. Obwohl es nichts sind als alte, überholte Traumbilder. Was ist das mit den Träumen? Sie scheinen unausrottbar. Er hat sich verändert, seine Lebensumstände haben sich geändert. Aber etwas in ihm widersteht allem Wandel. Bin ich das in Wahrheit? Verwirrt geht er weiter.

Das Häuschen der beiden Schulfreunde im Vorort unter dem Zeugenberg. Ein schöner Garten, den die Freundin pflegt. Zwei Töchter, drei Hasen und eine Katze, denkt er. Das Häuschen ist ein richtiges Hexenhäuschen mit einem Erker und breiten Dachgaupen, holzverschalt, und Steinstufen führen bis zur Haustür. Über dem Eingang rankt eine Glyzinie, und von den verwitterten Teakholzstühlen auf der Terrasse blickt man zwischen den Dachgiebeln hindurch auf den Trauf. Ein richtiges Idyll. Sie zeigt ihm den Garten, die einzelnen Pflanzen.

Er hat von ihr damals den Blick für Wiesenblumen gelernt. So zeigt sie ihm heute noch die verwunschenen Winkel und nennt die Namen. Frauenmantel und Gretchen im Busch, Schwarzäugige Susanne und Dost, Brombeeren, Kirsch- und Apfelbäume, Wein am Gerüst, Sommerflieder, Bambus, ein riesiger Farn, Buchs und was noch alles. Heute etwas verwildert, sie hat ihn wegen längerer Krankheit nicht pflegen können. Sie ist in einem Haus mit Garten groß geworden und hat sich immer gewünscht, später selbst einen Garten zu haben. Nach dem Abi studierte sie Biologie, er Literatur. Dann hat sie den Schulfreund geheiratet, einen Diplomphysiker, Feuerwehrgehilfen und Sportvereinsschützen. Später am Nachmittag sitzen sie in den Teakholzstühlen, sie hat einen Kaffee gemacht, der Freund heizt den Grill an. Seine Frau sitzt neben ihm und beobachtet ihr Verhältnis skeptisch. Einmal gesellt sie sich zu dem Schulfreund und hilft ihm beim Fleischwenden. Er nutzt das Alleinsein mit der einstigen Freundin und sagt:

»Ein richtiges kleines Idyll hast du da. Das ist doch, was du dir damals immer gewünscht hast.«

»Ja, schon«, erwidert sie.

»Ich freue mich für dich«, sagt er ehrlich. »Es ist alles gut so, wie es gekommen ist. Ich hätte dir das alles nicht bieten können, ich mit meinem Fernweh und meiner Zerrissenheit.«

»Ach«, sagt sie und strahlt ihn an, «das ist aber schön, dass du das sagst! Nach all den Jahren.«

Und du hättest, lässt er ungesagt, nie für mich sein können, was meine Frau für mich ist. Die Geschichte hat ein *Happy End*.

Als seine Frau zurückkommt, nimmt er ihre Hand und gibt ihr einen Kuss.

Sommerabend im Wohnzimmer. Erst gegen zehn, wenn es draußen kühler wird, zieht er sich das T-Shirt wieder an.

Er hat heraus gefunden, dass Baldrian in gewissen Grenzen die kleinen blauen Beruhigungpillen ersetzen kann. Er nimmt täglich drei bis sechs, je nach Anspannung, und braucht die Pillen nicht mehr so häufig. Nur in Notfällen sind sie unabdingbar. Sie lösen die Verkrampfung und befreien ihn vom Druck. Baldrian hingegen senkt das allgemeine Spannungsniveau und beruhigt seine Nerven über den Tag hinweg. Er ist natürlich und macht nicht abhängig. Viele seiner Abstürze erlebt er so heftig, erkennt er, weil im Grunde seine Nerven versagen. Das macht die Lage so ausweglos. Was Baldrian nicht kann: die Stimmungslage ändern. Depressionen auflösen. Verdrossenheiten aufbrechen. Wahnzustände verhindern. Das muss er dem Neurologen sagen, dem Arzt, bei dem er jetzt ist. Das könnte eine Hilfe für andere Betroffene sein.

Als Dolores Ibàrruri 1977 nach dem Tode Francos und dem Ende der faschistischen Diktatur aus dem russischen Exil in ihr Heimatland zurückkehrte, wurde sie auf einem Vortrag von einer jubelnden Menge empfangen. Die Menschen hielten Transparente hoch und skandierten *No pasarán!* Die über achtzig Jahre alte Frau, mit eingefallenem Gesicht, die Härte des Krieges und das Leiden um ihr Volk in die Züge geschrieben, kam nicht zu Wort, hörte zu und zog schließlich ein Taschentuch heraus, um sich die Tränen abzuwischen. »Die Leidenschaftliche« hatte man sie genannt, als sie vor einundvierzig Jahren diese Parole geprägt hatte. *No pasarán* – das heißt heute: Sie werden nicht durchkommen! Eine gute Losung, findet er. Sie könnte er sich zu eigen machen.

Zum Geburtstag schenkt er dem Vater eine Hirtenfigur aus Holz. Eine schlichte Figur ohne Gesicht, mit einem Stab in der Faust und einem weiten Mantel, in dem er ein Schäflein birgt. Eine Figur aus der Köhler-Krippe, so vereinfacht, dass das Hütende gut sichtbar wird.

»Weißt du, wer das ist?«, fragt er den Vater beim Überreichen. »Das ist Jesus, der Gute Hirte.«

Der Vater lächelt.

»Und weißt du, wer *das* ist?«, fragt er und deutet auf das Schäflein. »Das bist du. Ganz geborgen und behütet.«

Der Vater nickt ernst.

Als junger Mann hat er sich bei der Süddeutschen Gemeinschaft zum Glauben bekehrt. Er kennt Jesus, *Jesu Heiland meiner Seele* ist sein Lieblingslied. Mit den Jahren und Jahrzehnten kam er vom Glauben ab, übte Yoga und glaubte an Reinkarnation. Alles, was er erleiden müsse, sei ein Abbüßen der Sünden seines Vorgängers, sagte er damals. Seither haben sie nie wieder über den Glauben gesprochen. Erst, als er selbst gläubig wurde und die Mutter mit ihm in die Heimatgemeinde ging, ergab sich wieder ein Austausch. Er versuchte, frisch bekehrt, dem Vater deutlich zu machen, dass er bei Jesus sein ganzes schweres Leben abladen könne. Dass das Schönste erst noch komme. Wie sehr der Vater nach über achtzig Jahren frei werden kann von seiner Lebenslast, kann er nicht abschätzen. Er betet für ihn.

Es ist hier unten alles glimpflich abgelaufen, denkt er einmal. Er kommt mit seinem Vater gut aus, die alten Geschichten können vergessen werden. Mit der Schulfreundin von damals ist er im Reinen. Schon lange, hat er gemerkt. Und seinen Bruder wird er noch zurechtstoßen und die Beziehung neu definieren. Überhaupt die ganze Vergangenheit und die Schauplätze von damals sind entlastet und können Geschichte bleiben. Nichts hat ihn getroffen oder in den Abgrund gezogen. Er ist überrascht, wie leicht das ging. Es war vieles vorbereitet, denkt er. Ein richtiges *Happy End*. Er dankt Gott dafür.

Im Südpazifik tollen die Grindwale. Eine Delfinart. Er sieht es im Fernsehen. Sie flitzen in Schwärmen durchs Meer. Sie springen, überall, meterhoch. Sie drehen eine Schraube oder schlagen einen Salto oder lassen sich einfach seitwärts fallen. Es macht ihnen Spaß, ins Wasser zu klatschen. Reine Lebensfreude, denkt er.

Sie sitzt im Straßencafé vor einem Latte Macchiato und blinzelt in die Sonne. Sie sitzt sicher in der Sonne, denkt er, sie liebt ja die Wärme. Sie nimmt ihr Mobiltelefon zur Hand und ruft ihn an.

»Hättest du nicht Lust vorbei zu kommen?«, fragt sie. Sie hat nach dem Gesprächstermin Muße und muss nicht wieder ins Büro.

Warum eigentlich kommt er nicht? Warum kann er nicht spontan Ja sagen? Warum immer überlegen, abschätzen, sich zurückhalten? Lebensfreude, denkt er.

»Ich warte auf dich«, sagt er stattdessen.

»Gut«, sagt sie, »aber das kann eine Weile dauern.«

Sie fahren durch ein Albdorf. Das Dorf geht früh schlafen. In den Gassen Zwielicht, vom Himmelsrand schlägt die Sonne goldene Schächte zwischen die Häuser. Schattenecken, Türsteine, Hofeinfahrt. An einer makellos verputzen Wand, unten im Eck überm Kellerfenster, steht gesprüht das Wort *Rebellion*! Das reizt ihn zum Lachen.

»Andernorts«, sagt er zu ihr, «entlarvt das die scheinheilige Ordnung, prangert die Repression des Systems an. Hier nimmt es sich aus wie ein Lausbubenstreich. Immerhin«, fährt er fort:

»Aus solchen sauberen Häusern in solchen abendschläfrigen Dörfern sind Terroristen und Mörder erwachsen, die den Staat abschaffen wollten. Albkinder, Dorfsöhne, Pfarrerstöchter, die aufbegehrten gegen die heile Welt und das Feuer des Aufstands in die stillen Straßen tragen wollten.«

Sie lacht.

Aber er fragt sich: »Gibt es das heute noch? Haust hier in Dottingen eine künftige Gudrun Ensslin? Und wie lange werden die Bewohner die Sudelei dulden, bevor sie sie teuer überstreichen?«

Seine Frau schüttelt beim Fahren den Kopf.

»Was du dir so zusammendenkst!«

Regenhimmel. *Dunkel ist es und klein, klein,* sagt Robert Walser. Am Mittag muss er Licht machen im Wohnzimmer. Auf den Aleuten hält sich ein Häuflein Leben gegen die große arktische Einsamkeit. Der Tod ist groß, denkt er, er steigt als Körperwasser bis zur Lunge, er saugt die Kraft aus den Beinen, die Lebenskraft. Wir sind die Seinen, denkt er, oder nein: Wir sind des Herrn. Wir haben Angst in dieser todgeweihten Welt, aber der Geist belebt sie, hält sie in der Existenz. Gottes Kraft ist überall.

Hier kannst du nicht schwimmen, sagt der Zoologe im Fernsehen, am Strand von Nordaustralien. Du würdest nicht von hier bis zum Landesteg kommen. Es gibt hier Salzwasserkrokodile und Haie und Giftschlangen und nicht zuletzt die Würfelquallen. Giftigstes Tier der Welt, sagt der Zoologe und hebt die Qualle am Gelatineleib heraus. Bei dieser Größe, sagt der Mann und hantiert mit bloßen Händen, könnte sie zwanzig Menschen töten. Das Gift hat über vierzig Komponenten, viele davon ungiftig. Vielleicht finden wir etwas, aus dem wir ein Medikament für Menschen machen können. Sie lassen das Monster wieder frei. Jetzt wird es Zeit zu gehen, meint der Zoologe unbehaglich. Die Krokodile beobachten uns schon. Er schaudert und schaltet aus. Was hat Gott da bloß für Scheußlichkeiten zugelassen!, denkt er. Aber im Ernst: Soll einer sagen, die Welt sei schön!

Die Marke des Whiskys, den sein Vater früher zum Fernsehen zu sich nahm, hatte er aus einem Simmel-Roman, in dem der Held immer *Chivas* trank. Das erzählte er ihm viel später. Er trinkt auch manchmal Whisky, früher zur Pfeife, jetzt nur noch im Ausnahmefall, wenn er sich seiner Identität versichern muss. Aber keinen Scotch, sondern Bourbon. *Jack Daniel's*, ohne literarisches Vorbild.

In Jodhpur, heißt es im Fernsehen, gehören die blauen Häuser zur Kaste der Brahmanen. Das ist falsch, denkt er. Es muss heißen: *gehören die blauen Häuser den Angehörigen der Kaste der Brahmanen.* Aber ihm kommt es sowieso auf das Blau an.

Nach Feierabend wollen sie noch etwas Schönes. Verwegen und kühn: Feuer machen!

»Ein Abendfeuer«, sagt sie. »Bis in die Dunkelheit sitzen und in die Glut schauen. Wie früher in der Jungschar.«

Sie nehmen eine kleine Waldsteige im Dorf am Albtrauf und kommen auf einen Ausliegerberg. Beim Parkplatz gibt es eine Feuerstelle. Das Feuer brennt rasch. Als sie seinen Händen zuschaut, wie sie das Zeltchen aus Reisig aufstellen, meint sie:

»Ich hätte nie gedacht, dass ich einen Mann kriege, der Feuer macht.«

Feuer anzünden ist etwas, was er kann. Ohne Papier, nur mit Holz. Sorgsamer Aufbau, Übergang von der Pyramide zur Pagode, ein Streichholz genügt, für die Würste wird es reichen. Dazu Kohlrabi, fest und süß, und Monatsrettiche. Vom Bier lassen sie die Bügel schnappen, das es poppt. Wohlsein! Sie ist entspannt wie selten. Macht Witze, Wortspiele und ironische Bemerkungen. Geht über die Wiese, weil sie Bewegung braucht.

»Ach,« seufzt sie wohlig, «tut das gut! Das Büro ganz hinter sich lassen! Die Abgeschiedenheit hier und der Sommer und das Knacken des Feuers!«

Dann sitzt sie satt und still und schaut in die Flammen. Er kostet die Duftnoten des Rauchs: das Harzige des Tannenholzes, die warme Erdschwere des Buchenholzes; die Würze und Lindigkeit, die ihn anwehen wie ein Versprechen. Es hat gut getan, denkt er, das Streichholz ins Reisigzelt zu halten, es qualmen und lodern zu lassen, nachzulegen, das Feuer hochzuheizen. Läuterung, Reinigung. Die Flammen fressen die Schlacke weg, Asche bleibt.

»Ich genieße unser Leben so«, sagt sie versonnen. »Ich bin so glücklich mit dir!«

»Ich auch mit dir«, sagt er. »Aber ich versteh das nicht. Wo ich doch oft so zerrissen und verdrossen bin!«

»Da geht es dir eben schlecht. Das ist deine Krankheit. Das gehört dazu.«

Die Sonne ist jetzt hinter die Wipfel gesunken, die Wiese leuchtet im Abendgold. Sie hören die Kirchturmuhr im Dörfchen unten schlagen. Das Wochenende hat begonnen.

American Graffiti. Er liebt den Film. Autos mit Heckflossen und weicher Federung, im Fond sitzen Halbstarke und wollen Schnapsflaschen in Papiertüten besorgen. Froschauge zieht das große Los, blond hängen die Girls ihnen an den Lippen. Im Autokino scheppert der Ton aus dem Empfänger im Fenster, und im Drive-In bringen Mädchen auf Rollschuhen die Burger. Abends durch die Stadt ziehen, Sommer und Freunde und Tanzclubs. Abends am Strand in den Dünen sitzen am Feuer, das Rösten von Marshmallows, Grübeln über den Sinn des Lebens, während hinterrücks das andere Geschlecht erkundet wird. Der letzte Abend. Morgen geht es auf die Uni, in die Fremde. Die Freunde bleiben im Kaff und werden Autowäscher oder Drugstore-Verkäufer. Das Amerika der Sechziger, denkt er. Auch so ein Traumbild. Klischee vielleicht, denkt er. Aber mich hat es getroffen.

Mit dem Vater fährt er zu einem Backhausfest in einem Albdorf. Der Vater hat wieder Parkplatzsorgen, er lotst ihn. Sie parken in einer

Nebenstraße unweit des Festgeländes. Zelte sieht man und einen Bierwagen, Sie gehen die Hauptstraße entlang, aber die Zelte sind alle leer, Leute beim Aufbauen, Festzurren von Planen, Herumstehen und Warten. Das Fest fängt erst um vier an, sagt ein Mann, sie sind zu früh. Der Vater beschwatzt eine Gruppe freiwilliger Feuerwehrhelfer um Getränke für sie, so kennt er ihn gar nicht. Er ist ein kleiner alter Mann mit Mütze, man schlägt ihm nichts ab. Ein Weizen und ein Apfelsaftschorle, sie setzen sich auf eine Bierbank. Gegenüber wird der Bäckerstand vorbereitet, eine Frau rollt Plastikfolie ab und beklebt den Tresen damit. Das Schild preist Brotlaibe und Dinete an, traditionelles Gebäck, das je nach Gegend anders heißt. Der Wind ist böig und rüttelt am Zelt. Überall klingelt und knattert es, das Alugerüst wankt hin und her. Schilder taumeln am Strick, Blumentöpfe kollern über den Asphalt. Sie rauchen beide und schweigen. Der Vater misst seinen Zucker, er muss nachher im Auto einen Apfel essen. Hinter ihnen machen die Jungs von der Feuerwehr Brotzeit. Viel wird nicht zu erwarten sein von diesem Fest, kommen sie überein. Warten lohnt sich nicht.

»Weißt was?«, sagt der Vater. »Fahren wir nach Gächingen in den *Hirschen*. I lad di ei.« Mit dem Rückweg zum Auto tut sich der Vater schwer.

»Meine Füß, weißt«, sagt er.

Insgeheim hat er gehofft, dass sich seine Krankheit bessert, wenn er wieder in der Heimat ist. Aber das tut sie nicht. Gott hat sie ihm gelassen, als Lebenshypothek, denkt er. Eine Last, die er tragen muss. Dabei würde er sich so gern am Leben freuen, die Welt sehen und staunen wie ein Kind. Aber hier unten macht ihm die Krankheit einen Strich durch die Rechnung. Von einem friedlichen Alterssitz ist er weit entfernt. Vielleicht ist es auch vermessen, mit Anfang fünfzig seinen Lebensabend einläuten zu wollen. Er hat noch gut dreißig Jahre, so Gott will. Sein Leben hat im Rückblick keinen anderen Sinn, als dass er zu Gott gekommen ist. Alles andere ist zweitranig. Aber das Zweitranige muss gelebt werden, mit allem, was das Leben einfordert: Sinn, Selbstverwirklichung, Befriedigung. Vielleicht, denkt er, bin ich manchmal von Gott enttäuscht. Dass er mich nicht heilt. Dass er diese Last nicht wegnimmt. Dass das Leben nach der Bekehrung kein unbeschwerter Spaziergang geworden ist. Manchmal fragt er sich, wozu er eigentlich noch auf dieser Welt ist. Was will Gott von ihm? Seine Bücher schreiben? Armseliger Sinn. Nein, die Lebensfrage ist im Grunde seit seiner Zuwendung zum Glauben nicht gelöst.

Beim Bäcker in der Alteburgstraße werden die Kuchen nicht einfach in eine Tüte gesteckt, sondern mit Papier eingeschlagen, gelbweißes Bäckerpapier mit einem Spruch über Brot. Träubleskuchen mit Baiser und einen Rahmapfelkuchen.

»Kannst *du's* tragen?«, fragt sie.

»Gern.«

Er liebt die leichte, horizontale Last aus Pappdeckel und knisterndem Papier. Sie verheißt Gutes.

»Nix Bessers wie äbbes Guats, sagt er.

»Das sagst du immer«, lacht sie.

Er nimmt den schweren Keramikbecher aus Cornwall, setzt den Plastiktrichter darauf, zieht einen Kaffeefilter aus der Packung, das braune, raue Papier, und platziert ihn im Trichter. Wenn das Wasser kocht, gießt er langsam auf, so zwar, dass der Spiegel immer nur halb so hoch ist wie der Trichter. So kann der Kaffee sich nicht gleich an den Wänden absetzen. In den Becher rieselt es. Dann stellt er den Trichter samt gebrauchtem Filter in die Spüle. Kein

Zucker, keine Milch. Der Löffel klingelt im Tonrund. Wenn er den vollen Becher hinaus trägt ins Wohnzimmer, ist dort schon alles bereit: Der Fernseher läuft, die Schreibtischlampe brennt, auf dem Teetisch steht der Aschenbecher.

Die Ringelbachstraße fährt er gern. Eine Straße aus seiner Kindheit. Am ihrem einen Ende liegen die Mietsblöcke, in denen sie wohnten, an ihrem anderen liegt die Stadt. Oft fahren sie sie samstags zum Einkaufen. Die Straße ist auf der ganzen Länge verkehrsberuhigt. Zwei Ampeln regeln die Kreuzungen. Früher war es eine dunkle Allee mit alten Bäumen; jetzt sind die Bäume überall neu gepflanzt und geben den Blick frei auf den Zeugenberg, der sich über die Stadt erhebt. Auf den Grasstreifen blühen Löwenzahn und Gänseblümchen, mancherorts kommen gelbe und rote Tulpen. Es geht am alten Sportplatz vorbei, wo er im Verein im Tor stand, dann kommt der Grieche, wo sie schon essen waren. Alle Straßen nach rechts führen zum Vulkanberg. Links die Südapotheke und früher ein kleiner Konsum, in dem er einmal ein Quartettspiel geklaut hat. Dann geht es den Buckel hinauf am Altenheim vorbei. Hier blühen die Büsche. Oben auf der Kuppe kann man zur Kreuzkirche abbiegen, wo er konfirmiert wurde, und rechterhand war der Friseur, zu dem seine Mutter ihn immer schickte. Wenn es schon den Buckel wieder hinunter geht, zur Stadtmitte, biegen sie ab auf den Supermarkt-Parkplatz.

Die alten Königspaläste in Rajastan dienen nun Restaurantköchen und Hotelmanagern. In Jaipur fressen die Rhesusaffen Kekse und Schokoriegel und erbeuten Coca Cola. Und im Rattentempel wird ein Brei aus Mehl, Zucker und Butterschmalz an die Besucher verkauft, damit sie die Tiere füttern können.

Sommerwanderung. Auf hartem, sonnengebleichtem Holz sitzt er als Kind. Er beißt in den Landjäger, den Vater ihm gekauft hat, kaut das weiche würzige Fleisch, zerbeißt die zähe Haut. Dann ein Stück Weckle dazu, fader Weißbrotgeschmack. Ein Schluck mit dem Strohhalm aus der grünen Blunaflasche. Der Kies gleißt. Er merkt, dass das Leben genau jetzt geschieht.

Sie gehen Erdbeeren pflücken auf einem großen Erdbeerfeld über dem Lautertal. Ein übermannshoher Maschendrahtzaun, vor einer Blechhütte ein Dixie-Klo, im Blechgehäuse eine Frau, die nur gebrochen Deutsch spricht und Körbe zum Sammeln für einen Euro anbietet. Es ist heiß, er trägt den Hut gegen die Sonne, sie gleichgewichten auf den strohbestreuten Pfaden ans andere Ende und fangen an. Im Stehen ist es für ihn mühsam, das eigene Gewicht auf das Standbein gestützt. Niederknien ist besser, aber dann kommt er ohne Hilfe nicht mehr hoch. Aus dem Korb duftet es betörend in der Wärme. Was sie nebenher essen, wird nicht berechnet. Bald wird ihm schwummrig von der Hitze. Das Pflücken gerät unversehens zur Mühsal. Er muss seine Frau allein pflücken lassen und sich ausruhen. Sie bringen den Korb zum Wiegen und zahlen rund sieben Euro für zwei Kilo. Hier auf der Alb hat die Erdbeerzeit erst begonnen, während sie unten in der Stadt schon zu Ende geht. Für den Vater nehmen sie einen Korb bereits gepflückter mit. Er kann nicht mehr selbst pflücken, wie er es früher immer getan hat. Sie fahrenj beim Vater vorbei und bringen ihm die Erdbeeren. Er hat sein Gebiss schon herausgenommen und sich für den Abend eingerichtet. Er lädt sie ein, sich zu setzen. Er hat viel zu erzählen.

»Morgen«, sagt der Vater, »komm i vorbei

und bring euch die Kartoffeln vom Lindenhof.«

Als sie gehen, lassen sie ihn wohlversorgt in seiner Wohnung zurück. Solange er noch für sich selbst sorgen kann, sagen sie, ist alles gut.

Sommerwanderung. Ein Weidezaun, von Weitem hört er das Tacken des Elektropulses. Nicht anfassen! Der Vater hält einen Grashalm dagegen. Am Wegrand ein Büschel Löwenzahn, die sägezähnigen Blätter weiß vom Kalkstaub. Er rupft die Blumen und bringt sie der Mutter. An der Hand klebt der Milchsaft, der bitter schmeckt.

Eines Abends kommt ein Anruf von seinem Vater. Er liegt am Boden und ist zum Mobiltelefon gerobbt. Er sei gestürzt und komme nicht mehr hoch. Sie nehmen das Auto, weil es schneller geht, er schließt die Wohnungstür auf, zu der ihm der Vater den Schlüssel gegeben hat, und sieht ihn im Flur vor dem Schlafzimmer liegen. Er liegt ergeben und hat die Hand unter den Kopf gelegt. Er ist ein wenig verlegen, aber als ehemaliger Krankenpfleger kennt er ja die Bedürftigkeit von Menschen. Sie holen einen Stuhl, er hievt ihn mit einem Brustgriff darauf. Der Vater ist schwer, weil er kaum mithelfen kann. Dann sitzt er und bedankt sich.

Er ist gereizt. So will er seinen Vater nicht sehen. Er schnüffelt vernehmlich und meint:

»Bist du das?«

»Kann scho sei. I kann mi nimmer richtig waschen.« Der Vater sagt es sachlich, ohne Scham.

Schon tut ihm seine Ungeduld leid.

»Babba, so geht das nicht weiter. Willst du nicht doch ins Betreute Wohnen umziehen? Da hast du alles, was du brauchst. Betreuung rund um die Uhr, regelmäßiges Essen, wenn du willst, den Arzt in Rufweite ... «

»I glaub langsam, 's isch 's Beste.«

Sie bleiben noch eine Weile bei ihm, er macht in der Küche einen Kaffee auf den Schreck. Als sie sich vergewissert haben, dass es ihm gut geht und er den Abend allein verbringen kann, gehen sie wieder.

»Gell, wenn was ist, rufst du an!«, schärft er dem Vater ein.

Im Auto beschließen sie, sich einmal beim Altenpflegeheim in der Diakonischen Stiftung zu informieren. Dort hat der Vater früher gearbeitet.

Zuhause grübelt er über seine geringschätzige Reaktion nach. Den Vater so zu sehen, erweckt Widerwillen in ihm. So will er ihn nicht haben, er will den starken, verlässlichen Vater

seiner Kindheit. Er stellt sich vor, wie er seinen
Vater waschen müsste, wie er seine Genitalien
sehen würde, wie er ihm die Zehennägel schnei-
den würde – nein, denkt er, das ist zu viel ver-
langt! Das würde mich völlig überfordern. Be-
treutes Wohnen ist das Beste. Jetzt ist die Hin-
fälligkeit offensichtlich. Mit dem Vater kann
man nichts mehr unternehmen, denkt er: Man
muss jetzt für ihn sorgen.

Im Fernsehen eine Pilgerreise nach Lhasa. Die
zwölf Mönche sind seit acht Monaten unterwegs, in Regen und Hitze. Sie gehen drei
Schritte weit, lassen sich dann auf die Knie, setzen die Holzbretter, in denen ihre Hände stecken, auf den Boden und gleiten auf ihnen
nach vorn, während sie ihren Körper strecken.
So auf dem Bauch liegend, heben sie die Hände
über den gebeugten Kopf und stehen wieder
auf. Erneut drei Schritte, erneut Niederwer-
fung. In einem Karren haben sie ihr Gepäck dabei, das sie brauchen; sie wechseln sich im Ziehen ab. Im Zelt hocken sie und essen Tsampa.
Manchmal stecken ihnen die Leute Geld zu, damit sie sich zu essen kaufen können. Der Weg
ist das Ziel: Anhäufung guten Karmas. Er schüttelt den Kopf. Was für eine Religion!, denkt er.
Unbarmherzig, das ist das treffende Wort.

Auf dem Balkon. Die Penthouse-Wohnung gegenüber ein Geschachtel aus Schatten und spätem Licht. Der Himmel darüber glasrein. Ein Schwarm Krähen zieht darin und hinterlässt seine unentzifferbare Botschaft. Feierabendstille im Geviert.

Als seine Frau ins Bett geht, macht er sich einen Becher Kaffee und isst eine Butterbretzel. Im Fernsehen schaut er die Nachrichten mit seinen Berichten über das Referendum in Griechenland. Später wird irgendwo noch ein Film kommen. Nebenher wird er am Rechner sitzen und schreiben. Vom Balkon her kommt allmählich Kühle. Der Sommerabend fängt für ihn erst an.

Kindheitserinnerung: An der Lauter, mit Liegetuch und Sonnenmilch und den Teddy-Heften, die er las. Der Gummigeruch der Luftmatratze, die Angst vor den Bremsen, die sich auf dem Rücken festsaugten. Stehen im Strom, der gleichförmig und gläsern ging, an den dünnen Beinen eine Gänsehaut und das Bachkraut, das sich um die Knöchel schlang. Pinkeln gegen die Brennnesseln, das Spitzle so zusammengeschrumpelt, dass er es kaum zu fassen bekam.

Und nachher gab's Fleischküchle mit Kartoffel-salat aus der Kühltasche. Ich hatte eine schöne Kindheit, denkt er. Bis zum Ehebruch und dem Zerwürfnis zwischen den Eltern. Da war ich acht.

Der Vater braucht jetzt Gehhilfen, weil seine Beine immer schwächer werden. Zwei Krücken helfen ihm. Er hat Ödeme und kann im Auto die Pedale kaum noch durchtreten. Bald wird es vorbei sein mit den Einkaufsfahrten. Einst-weilen fährt er mit ihm durch den Nachbarort, in dem der Vater geboren wurde. Er kurvt durch die schmalen Gässchen, Kopfsteinpflas-ter und Fachwerkhäuser, dort das Heimatmu-seum, in dem sein Sohn einmal gelesen hat. Vor der Sparkasse halten sie, er hilft ihm aus dem Auto, er braucht beide Krücken. Im Vor-raum der Sparkasse hebt er Geld ab und drückt dem Sohn zwei Scheine in die Hand.

»I hab dir doch lang nix mehr gebba«, sagt er, obwohl er kürzlich hohe Kosten für sein Auto hatte. Als er ihm beim Einsteigen hilft, warten die anderen Autos. Er bekommt die Rücksicht für einen alten Mann, denkt er.

Auf dem Friedhof muss er die Toilette auf-suchen. Sonst macht er das im Rathaus, aber das hat noch zu. Ungern sieht der Sohn den

Ort wieder, an dem die Mutter beerdigt wurde. Vor neun Jahren. Die Betontreppen, die Mäuerchen, das schwere Tor. Hinter der Hecke wartet er und schaut blicklos auf die Urnengräber. Durch ein Fenster kann er in die Aussegnungshalle blicken, Stuhlreihen, Blumenschmuck, er erinnert sich. Der Vater geht an den beiden Krücken recht flott, muss aber nach jeder Anstrengung schwer atmen. Bald, denkt er, werde ich wieder hier sein. Wegen ihm.

Dann hält der Vater noch einmal vor dem Bügelservice, um seine Hemden abzuholen. Er hantiert umständlich mit den Krücken beim Aussteigen.

»Lass mich die Hemden holen«, sagt er. »Bleib du sitzen.«

Ein kleines Lädchen mit Billigkram vor dem Haus wie ein Souvenirshop, Paketannahmestelle und Wäscherei. Die Frau weiß Bescheid, als er den Namen nennt.

»Geht es ihm nicht gut?,« fragt sie mit gesenkter Stimme.

»Doch«, sagt er, »er sitzt draußen im Wagen.«

»Ach so«, sagt sie erleichtert.

Aufgrund eines schwäbischen Aufklebers kommt er auf die Geschichte und Lautung des Schwäbischen zu sprechen. Er fügt hinzu, dass er das studiert habe.

»Dann sind Sie«, sagt die Frau in fragendem Ton, »der zweite Sohn? Der Schriftsteller?«

Sie gibt ihm herzliche Grüße für den Vater mit. Es ist seine Kindheitsstadt, denkt er. Die Älteren kennen ihn noch. Kein Wunder, dass er sich hier wohl fühlt.

»Brauchst no äbbes?«, fragt er. »Soll i di no irgendwohin fahra?«

»Nein«, sagt der Sohn. »Lass uns nach Hause fahren!«

Als der Vater ihn in der Straße des Wohngebiets aussteigen lässt, fühlt er sich erleichtert und guten Mutes. Er ist mein Vater, denkt er. In seinem bartlosen Gesicht sieht er manchmal noch die Strenge des furchterregenden Vaters von früher. Die Unberechenbarkeit seiner Wut. Nein, ich will kein Kind mehr sein, erkennt er. Ich hole etwas nach, aus den Jahren, als ich gern einen Vater gehabt hätte. Aber die Dinge haben sich geändert.

Er, seine Frau und sein Bruder haben mit ihm gemeinsam eine Wohnung im Betreuten Wohnen beantragt, das wird besser für ihn sein. Als er zurück ist in der Wohnung, sich einen Tee macht, aufs Sofa setzt, den Fernseher einschaltet, ist er wieder in seinem eigenen Leben.

Sie wollen Balkonpflanzen kaufen und fahren hinaus zu einem Gartencenter im Industriegebiet. Drinnen geht es durch verschiedene Bereiche: Tiere und Tiernahrung, Kaltraum, Tropenraum, Freiluftareal. Aus den dicht an dicht stehenden Töpfen wählt seine Frau einen Bambus. Exotisches Gewächs, sein Rascheln erinnert ihn an Dickichte am Ufer des Mississippi, an schleichende Tiger und chinesische Tempel. Er soll auf dem Balkon stehen, eine Augenweide, winterhart und feuchtgehalten. Auf einem ausgestellten Gartenmöbel ruht er aus, bis seine Frau sich einen Hibiskus ausgesucht hat. Neben der Kasse finden sie Netze mit Kaminholz; sie nehmen zwei mit, fürs Feuermachen auf der Alb. Die Scheite reiben aneinander und verstreuen Rindenmehl. Als sie heraus kommen, regnet es.

Am Abend zieht sich oft der Knoten zu. Es wird ihm eng, er ist ruhelos und nervös. Vom Schreiben hat er genug. Er will nicht dauernd an seinem Roman herum denken. Die ganze Schreiberei bringt doch eh nix, denkt er. Das Fernsehen kann ihn nicht ablenken, und die Geborgenheit, in die er sich sonst flüchtet, funktioniert nicht. Seine Frau ist schon schlafen gegangen, er tigert unruhig in der Wohnung umher, macht sich in der Küche einen Kaffee, trinkt einen Schluck, schüttet den Kaffee weg, gießt sich einen Whisky ins Glas, setzt sich ins Freie, trinkt und raucht. Er ist gereizt, Kleinigkeiten können ihn in Rage bringen. Ach, was soll das alles?, fragt er sich verdrossen. Solange diese Krankheit noch da ist, werde ich nicht glücklich. Was heißt glücklich? Ein bisschen Zufriedenheit würde mir schon reichen. Es muss sich etwas ändern, denkt er, aber es wird sich nichts ändern. Ihm wird klar, dass er sein Leben eigentlich gar nicht ändern will. Er hat es sich selbst gewählt. Aber das, was er sich davon versprochen hat, hat sich nicht erfüllt. Schon wieder, denkt er. Wie in Hamburg. Er ist wütend auf Gott, dass er keine Heilung schenkt, und beschimpft ihn. Er weiß, dass das ungerechtfertigt ist, setzt sich an den Rechner und sucht nach Büchern. Fremde Welten, denkt er. Träume. Das lenkt ihn ab.

Die Räume der Stadtbibliothek sind abends leer. Teppichboden, Regale mit Büchern, Benutzerterminals. Im Verzeichnis findet er alle seine Bücher, die er zur Anschaffung empfohlen hat. Sogar das Bändchen von der Alb ist dabei. Er stellt sich vor, wie künftig ein Leser sie zur Hand nimmt, zuhause, auf seinem Sofa, und die Zeilen liest, die er geschrieben hat. Ein Zwiegespräch, von dem er nie erfahren wird. Im Foyer wartet seine Frau auf ihn.

Im Straßencafé. Die Karte macht auf Französisch. Auf vieles haben sie Lust nach diesem ermüdenden Stadtgang: Irish Coffee, Mojito, Eiskaffee, ein Weizenbier. Schließlich entscheidet er sich für einen Pastis, einen 51, und einen großen Cappuccino, sie nimmt ein Wasser und ein Apérol-Spritz. Beide setzen sie ihre Hüte ab, er den schweren Rangerhut, sie den leichten Strohhut, und schauen den Passanten zu. Sie werden ganz lässig und erinnern sich an die Sommer in Südfrankreich, wohin sie von Hamburg aus gefahren sind.

»Weißt du noch«, sagt sie, »die Salate in den Cafés? Mit Ziegenkäse und Maronen und Tapenade?«

»Und nachher in einem Restaurant essen«, spinnt er den Faden weiter, »wo es nach Fisch und Frauenparfüm riecht, an den Gardon gehen und baden, im Sommerhaus im Garten den Zikaden zuhören – ach ja!«

Sie kann es kaum erwarten, Urlaub zu haben. Nach Südfrankreich können sie nicht mehr, das Ferienhaus steht nicht mehr zur Verfügung.

»Wir machen hier auf der Alb Urlaub«, beschließt sie. »So wohl wie hier habe ich mich schon lange nicht mehr gefühlt.«

Der Vater schlägt am Telefon vor, gemeinsam auf die Alb fahren, um im Altschulzenhof Käse zu kaufen.

»Weißt, so einen guten wie da gibt es nirgends«, sagt er.

»Du brauchst mit dem Käsekauf nicht auf mich zu warten«, sagt er. »Du kannst ruhig schon alleine los.«

»Ha weißt«, sagt sein Vater, »i will halt net allein fahren.«

Auf dem Weg in die Stadt fahren sie am Freibadparkplatz vorbei, wo die Autodächer in der Sonne gleißen. Die Mädchen gehen zur Bushaltestelle, in Flipflops mit nassen Haaren und die Badetasche über der Schulter.

Die Wohnung des Vaters im Mietblock wird aufgelöst. Die Wohnung, in der der Sohn seine Jugendjahre in dem kleinen Zimmerchen verbrachte, das jetzt Gästezimmer ist. Unten vor dem Hintereingang hatte er immer sein Moped stehen, später sein Motorrad. Von hier aus startete er seine Skandinavientouren, und auf dem Sessel vor dem Bett stand der tragbare Fernseher, den seine Eltern ihm geschenkt hatten. Er will nicht dabei sein, wenn hier alles ausgeräumt wird. All die kleinen Dinge, an denen seine Jugendjahre hängen, die Erinnerungen an die Ehe der Eltern – nein, das fasst ihn zu sehr an. Er überlässt es seiner Frau und seinem Bruder, zusammen mit der Entrümpelungsfirma die Wohnung leerzuräumen. Die Wohnung im Betreuten Wohnen ist möbliert, der Vater braucht nicht einmal ein Bett. Es tut ihm leid, nicht mitzuhelfen, aber er will mit dem Ganzen nichts zu tun haben. Er freut sich für den Vater, der dort umfangreiche Hilfe erfahren wird. Nun können Pflegerinnen ihm täglich die Beine verbinden, denkt er. Nun braucht er nicht mehr die grelle Betonfront des Nachbarblockes zu ertragen. Jetzt fallen die letzten Erinnerungen an die Mutter dahin. Und sein Sohn wird nicht jedes Mal an seine Lebensgeschichte erinnert werden, wenn er den Vater besucht. Es ist gut so, denkt er.

Auf dem Balkon. Am Abend fährt ein Windstoß in den Bambus und lässt ihn rascheln. Er seufzt vor Wohlbehagen.

Sommerabend auf dem Balkon. In der Dämmerung huscht eine Fledermaus durch den Garten. Irgendwo unterhalten sich zwei Nachbarn. Es riecht nach Frittierfett. Das Thermometer zeigt dreißig Grad. In der Ferne rauscht der Verkehr der Stadt. Seine Frau geht ins Bad und nimmt eine kalte Dusche. In so einer Sommernacht wuchern die Träume, denkt er. Da ist alles wieder da, die ganzen Traumbilder seiner Jugend. Man sitzt am Pool in Beverley Hills, plätschert mit den Füßen im Wasser und trinkt mit der Frau von nebenan einen Gin Tonic. Man verlässt die Lichterallee der Strandpromenade auf Guadeloupe und geht am Strand, die Füße im kühlen Sand, die Brandung gibt ein weißes Rauschen im Zwielicht. Man nimmt die Métro in Paris und bummelt im Stadtzentrum durch die heißen Straßen, Lichtreklame überall, Markisen fächeln mit den Zipfeln, Stimmengewirr und Besteckklirren, und am großen Theater stehen die Menschen Schlange. Man spaziert durch den dunklen Central Park, abseits der Laternen, und setzt sich auf dem Kiesplatz an einen Brunnen. Das Wasser rieselt beharrlich, ihr Parfumduft im Abendwind, der Rauch der Zigarette macht lässig. Man sitzt im Restaurant in Papeete und trinkt Korallenwein und hört den Wind in den Palmen. Ja, in so einer Nacht ist alles möglich, denkt er. Die

Träume zum Greifen nah. Sie kommen aus einer anderen Welt, einer Welt, die er sich mit zwölf, mit sechzehn, mit zwanzig erträumt hat. Und immer noch erträumt. Das gehört zu ihm, seit er denken kann. Es hat ihn fortgezogen in die Ferne, wo alles anders wäre. Filmszenen, ein Song, Fotos, manchmal nur ein Satz oder ein Wort können es auslösen. Klischees vielleicht, denkt er. Abziehbilder. Aber es geht nicht um Wahrheit. Die Träume haben sowieso ihre eigene Wahrheit. Warum kommt das immer wieder, herauf beschworen wie eine Macht? Vielleicht habe ich mich dadurch immer gegen die Realität gewehrt, denkt er. Fluchtwelten. Gegenwelten. Lebensentwürfe. Vielleicht habe ich mein Leben lang in der Fantasie gelebt. Flieg zum Regenbogen. Er konnte es sich vorstellen, hatte die Einbildungskraft dazu, warum hätte er es nicht tun sollen? Vielleicht habe ich darüber mein Leben verpasst, denkt er. Aber solche Gedanken bringen nichts, in einer warmen Sommernacht auf dem Balkon, kurz vor eins. Er trinkt den Whisky leer, drückt die Zigarette aus und geht hinein.

Krämermarkt in der Stadt. Hemden und Röcke, Hosen und Schuhe, Handtaschen und Geldbörsen, gebrannte Mandeln und Pfefferminzbruch, einer verkauft Küchenmesser, ein Anderer bietet Brennholz von der Alb. Kammergetrocknet oder für die Biogasanlage, sagt er, beste Buche, sie sehen die Scheite mit der silbergrauen Rinde im Korb liegen, der Schüttraummeter für fünfundachtzig Euro. Säcke für dreifuffzig haben sie auch.

»Wofür brauchen Sie sie denn?«, fragt der Händler.

»Fürs Auto.«

»Fürs Auto?«

»Ins Auto packen, zur Grillstelle fahren, Holz verfeuern.«

»Ach so.«

Der Händler sitzt auf der Alb, da können sie auf einem Ausflug vorbei und sich eindecken. Im August kann man noch oft Feuer machen.

»Rufen Sie halt vorher an.«

Beim Weitergehen freuen sie sich. Das Kaminholz vom Gartencenter war minderwertig und schnell verbraucht. Das Buchenholz brennt besser, und er macht am liebsten mit Buchenholz Feuer. Da ist er anspruchsvoll.

Vaters neue Wohnung ist luftig und hell. Kein Vergleich zur alten im Wohnblock. Ein kleiner Balkon, auf dem die Sonne wärmt. Eine Kirsche schattet auf dem Rasen, eine Bergkiefer erinnert an die Provençe. Hinterm Haus der Zeugenberg, der auf alles herab sieht. Ein Karton mit Bandagen und Einmalhandschuhen steht herum, neue Möbel aus Lärchenholz, die ersten gerahmten Bilder hängen.

Schmal und klein, mit lichtem Haar, sitzt der Vater auf dem Sofa und freut sich, dass sie kommen. Auf dem Fernseher steht die Hirtenfigur aus Holz.

»I hab ihn jetzt dahin gestellt«, sagt der Vater stolz, »da seh i ihn immer. Da denk i immer an dees, was du gsagt hast.«

Er nimmt es an, denkt er, wieder wie ein Kind.

Jeden Tag geht er zum Mittagessen. Morgens kommen Pflegerinnen und wickeln seine Beine wegen der Ödeme. Der Hausarzt ist nur über die Straße. Beim Eintreten in das Gebäude riecht es ein wenig nach Krankenhaus. Im zweiten Stock ist Teppichboden ausgelegt, eine Fensternische bietet Platz mit Tisch und Stühlen, Ficus in Kübeln schafft Foyeratmosphäre.

Dem Vater gefällt es hier. Er braucht nicht mehr einkaufen zu fahren, nur noch, wenn er etwas für die Wohnung braucht. Das können sie ihm besorgen.

»Doch,« sagt der Sohn zufrieden, »ich bin froh, dass du jetzt hier versorgt bist.«

Das offene Fenster bringt keine Kühlung. Das Laken ist nassgeschwitzt, die Decke hat er sich zwischen die Beine geklemmt und benutzt nur den Zipfel, um seinen Kopf zu bedecken. Er ist matt und erschöpft, kann aber nicht schlafen. Aufstehen und fernsehen oder rauchen will er nicht, und schreiben ist zu anstrengend. Nach zehn Minuten ist er klatschnass. Die Hitze macht den Kopf leer. Sie ist ein Gefängnis, dem er nicht entrinnen kann. Sie ist überall, in jedem Raum, auf dem Balkon, draußen. Erst gegen Morgen geht die Temperatur um fünf Grad zurück. Die Sommer werden heißer, denkt er mit offenen Augen. Der Klimawandel. Alles verändert sich.

Einmal sehen sie Vater am Supermarkt vorbei fahren in seinem Auto. Er kommt wahrscheinlich vom Großmarkt im Nachbarort. Vater ist klein geworden im Alter, denkt er, sein Kopf ragt kaum über das Lenkrad. Sie winken aus dem Seitenfenster, aber er sieht sie nicht. Dann müssen sie abbiegen.

Im Lichtkegel der Lampe sitzt an der Wand ein Sammelsurium von Insekten.

Abends um sieben erwacht der Wind. Wolken ziehen am Himmel auf. Dann grollt es in der Ferne, Lichtblitze im Dunkel, in den Bäumen wühlt der Wind. Die Kaltluft kommt. Es beginnt zu regnen. Die Vögel suchen mit schnellen, sparsamen Flügen Schutz im Laub der Bäume. Im aufblasbaren Schwimmbecken der Nachbarn sammelt sich Regenwasser.

Er wird erleichtert sein, das weiß er. Wenn die Lebensgeschichte seines Vaters ihr gutes und versöhnliches Ende finden wird. Er freut sich, dass er noch da ist und er ihn sehen kann, aber er leidet immer mit ihm. Er fühlt sich in ihn hinein, er kann nicht anders, stellt sich die Einsamkeit, die Verbitterung, die Trauer vor, wenn der Vater über sein Leben nachgrübelt. Was für Träume hatte *er*? Was hat *er* vom Leben erwartet? Was ist alles nicht in Erfüllung gegangen?

Diese verpfuschte Lebensgeschichte belastet ihn. Er ist darin verstrickt, das macht es noch schlimmer, und er hat Schuldgefühle, dass er mehr für seinen Vater tun müsste oder hätte tun müssen. Ihn mehr lieben, ihn besser verstehen. Nein, diese Geschichte muss zu Ende gehen, denkt er. Dann ist dem Vater geholfen und ihm selbst auch. Dann sind sie beide frei von dem Fluch, der Jahrzehnte ihrer beider Biografie überschattet hat. Ein versöhnliches Ende, ja. Denn er kann ihn jetzt richtig gernhaben.

Er kann ihm vergeben für all die Jahre, in denen er nicht da war. Und versöhnlich, weil er glaubt, dass der Vater gläubig ist. Er wird nach dem Tod bei Gott sein. Davon ist er überzeugt. Es kann nicht mehr lange dauern. Das macht ihn ganz ruhig.

Im Fernsehen, beim Transport des Heus zum Berghof, sind die Ochsen genauso langsam wie die Menschen.

Karawanserei. Eine Traumchiffre. Der Teeverkäufer geht um, schwenkt sein Tablett, basarbunt wehen die Tücher. Am Glas nippen die Männer mit Turban und Ringen im Ohr, wüstenbärtig. Man schaut aus dem Bogenfenster ins Nichts, wo Kamele ziehen durch die blaue Nacht in den seidenen Osten, und wartet auf das Singen der Engel.

Wieder eine Sommernacht. Es herrscht jenes Zwischenlicht, wenn der Tag schon vergangen ist, die Dinge aber noch deutlich sichtbar sind. Ein zartes Lüftchen kühlt, um zehn zeigt das Thermometer noch zweiunddreißig Grad. Einmal ist eine Sirene zu hören, einmal ein beschleunigendes Motorrad. Ein kaltes Getränk auf dem Tisch, eine Zigarette, nur in Shorts sitzt er im Sessel und denkt nichts. Er hat ein Licht leuchten und lauscht. Von irgendwoher klingt ein Lied, eine Gitarre, eine Band, dann Händeklatschen und Pfiffe. Eine Tropennacht, meteorologisch gesehen. Die Nacht lebt. Sie ist voller Wunder, voller Träume. Was sind das für Träume?, fragt er sich. Wo kommen sie her, wo wollen sie hin? Im Grunde, denkt er, sind es Träume von einem anderen Leben. Lebensentwürfe. Träume, die nicht verwirklicht werden können, wie der vom Schriftsteller in Hamburg. Vielleicht Träume von einer wahren, echten Welt, in der das Leben ganz anders funktioniert. Gottes neue Welt. So leuchtet ihm seine Sehnsucht ein. In so einer Nacht scheint alles möglich, denkt er, sogar dass die andere Welt hinter der Wirklichkeit hervor tritt und ihn hinweg nimmt. So wie er es früher manchmal ersehnt hat. Aber im Grunde ist nichts davon möglich, das weiß er. Muss es auch nicht. Er sitzt nur und träumt.

Dann geht alles ganz schnell. An einem Abend bekommt er einen Anruf von seinem Bruder. Die Pflegerin im Betreuten Wohnen hat ihm gesagt, dem Vater gehe es schlecht, sie sollten kommen. Sie machen sich auf den Weg und treffen sich mit dem Bruder vor dem Wohnheim.

Der Bruder klingt ernst, und er weiß sofort: Jetzt ist es soweit! Jetzt ist der Augenblick da, wo er seinen Mann stehen muss, wo er dem Tod gegenüber tritt. Jetzt muss er für den Vater da sein, dem Bruder zur Seite stehen. Dafür hat er sich ein Jahr lang bereit gemacht.

Es ist eine Gewitternacht. Der Wind fegt in Orkanböen heran, die Bäume biegen sich, die Straßen schwimmen, und der Regen ist dicht wie ein Vorhang. Dramatische Szenerie, die sich der Vater dafür ausgesucht hat.

Er liegt im Bett, ist bei Bewusstsein, seine Beine prall vom Wasser. Er ist ruhig und fast heiter, nur die Schmerzen in seinen Beinen stören ihn. Das Herz macht nicht mehr mit, und er halluziniert. Er erzählt von kleinen Männchen in roten Uniformen und blauen Wasserkugeln, die in ihn hinein geschlüpft seien.

»Da«, sagt er verwundert, »schon wieder!«, und deutet auf die leere Wand. »Dass ihr dees net seht!«

»Das ist eine Privatvorstellung für dich«, sagt

sie und streichelt ihm die unrasierte Wange.

Draußen blitzt es immer wieder und erleuchtet das Schlafzimmer, der Donner ist gedämpft durch die geschlossenen Fenster. Er atmet mühsam, manchmal scheint er einzudösen. Er kann sich fallen lassen, nun, da sie da sind, aber auch im Halbschlaf bleibt er unruhig. In seinen Lungen rasselt es. Sie sind sich einig, dass dies seine letzte Nacht sein wird. Sie werden bleiben, bis es zu Ende geht. Nun ist der Zeitpunkt endlich da, denkt er die ganze Zeit. Nun geht sein schweres Leben zu Ende. Hol ihn zu dir, betet er. Irgendwie hat er das Gefühl, um den Vater, für ihn kämpfen zu müssen. Dass er mit seinem Glauben für den Vater eintreten muss, jetzt, wo es zum Entscheidenden kommt.

Manchmal geht er auf den Balkon, weil er es nicht mehr aushält. Kurze Zeit später kommt der Bruder dazu. Er hat mit dem Notarzt telefoniert, um irgendetwas gegen die Schmerzen zu bekommen, aber wegen des Gewitters sind alle Notärzte im Einsatz, kein Sanitäter ist aufzutreiben, auch der Heimarzt ist unabkömmlich. Der Bruder ist wütend. Er hat ein paar Beruhigungstabletten dabei, sie legen sie dem Vater auf die Zunge und flößen ihm Wasser ein, damit er sie schlucken kann.

Dann hat er die Gelegenheit, mit seinem

Vater allein zu sein. Er weiß nicht, ob er ihn hört, aber er spricht zu ihm. Er erzählt ihm, was er in seinem Leben geleistet hat, er erzählt ihm, dass sein Leben ein gutes Leben war. Er sagt ihm, dass er seine Aufgabe nun erfüllt hat, dass er sein Leben in Jesu Hände legen darf, sein Leben, das der Sohn näher miterlebt hat als irgendein anderes. Der Vater scheint zu lauschen, regt sich aber nicht. Was kann ich jetzt noch tun?, fragt er sich. Er spürt eine Anwesenheit. Er weiß nicht, ob das der Tod ist oder Jesus. Er erkennt, dass es um alles geht, dass es aber auch längst entschieden ist. Er glaubt daran, dass der Vater jetzt in der Zwischenwelt seinem Heiland begegnet. Er glaubt daran, dass er seinen Vater wiedersehen wird. Das erleichtert ihn. Ein Teil von ihm ist auch fröhlich und freut sich für den Vater. Er hat es hinter sich, jetzt ist ihm die Last seines Lebens abgenommen.

Als er schließlich einschläft, tief und fest, spricht er im Beisein der Anderen den Segen über ihn und rezitiert Psalm 23, den Psalm vom Guten Hirten. Dabei formuliert er ihn um auf die Zweite Person und spricht ihm die Worte eigens zu: *Der Herr ist dein Hirte, dir wird nichts mangeln.*

Dann gilt es zu warten. Auf den Moment des Todes. Seine Frau holt einmal mit dem Auto etwas zu essen vom Schnellrestaurant, kämpft sich durch Regen und Sturm, und im Wohnzimmer fressen sie heißhungrig die Burger hinunter, während der Vater im Schlafzimmer im Sterben liegt. Manchmal gehen sie zu dritt auf den Balkon und rauchen und fragen einander, wie es ihnen geht.

Die weitere Nacht bleibt ruhig. Der Bruder schläft hier, er und seine Frau wollen nach Hause, nun, nachdem sich der Tod verzögert. Er spürt, dass er mit den Nerven am Ende ist. Es ist eine Albtraumnacht.

Am nächsten Morgen erhält er den Anruf seines Bruders. Er ist nach Hause gegangen, als der Vater am Morgen noch schlief. Wenige Stunden später hat ihn die Pflegerin gefunden.

Er vergießt keine Träne. Er freut sich vielmehr, für den Vater, dass er sein Leben beendet hat. Und er ist auch erleichtert. Er muss nun nicht mehr dauernd an den Vater denken, mit ihm mitleiden, dieses schwere Leben mitansehen. Er ist erleichtert, dass dieses Kapitel endgültig abgeschlossen ist.

Die Bestattung findet fünf Tage später statt. In dem Nachbarort, in dem er geboren ist und wo auch die Mutter liegt. Er kommt zu ihr ins Grab, eine Urne, so hat er es gewollt. Der dortige Pfarrer lässt sich aus dem Leben erzählen, macht sich Notizen, das erste Mal, dass er sowas macht, der Bruder hat es ihm überlassen. Als Lied wünscht er sich *Jesu Heiland meiner Seele*, das war sein Lieblingslied, sagt er. Die Wohnung haben sie aufgelöst, es gibt nichts zu erben, sodass sie das Erbe ausschlagen und die Möbel bleiben, wo sie sind. Der Bruder sichert sich vorher den Schmuck der Mutter, der bei ihrem Tod an den Vater übergegangen ist. Beim Bestattungsunternehmen wählen sie einen einfachen Sarg und verzichten auf Blumenschmuck. Nur ein paar Pflanzen, eine Palme und ein Ficus, die kosten hundert Euro. Es ist nicht viel Geld da. Der Vater hatte eine Sterbeversicherung abgeschlossen, doch aus unerfindlichen Gründen sich die Summe vorher auszahlen lassen. Wo das Geld geblieben ist, weiß keiner.

Die Bestattung wird eine einsame Veranstaltung. Kaum jemanden haben sie benachrichtigt, die Verwandtschaft in seinem Alter ist nicht mehr vorhanden, Freunde von früher gibt es nicht, er muss bald unter die Erde, weil der Verwesungsprozess schon weit fortgeschritten ist. Deshalb auch keine Aufbahrung im Sarg. Ein einsames Leben, denkt er, als er die paar Trauergäste in der Kirche versammelt sieht, obwohl es nicht so war. Aber es bleibt wirklich nichts, denkt er. Seine Vettern aus dem Nachbarort sind da, er konnte sie früher nicht leiden, heute kondolieren sie ihm adrett und ungeschickt. Kusinen aus der Familie der Schwester des Vaters, die ihn jedes Weihnachten zum Essen einluden.

Der Pfarrer erzählt alles, was er ihm berichtet hat. Das war eigentlich nicht für die Ohren der Verwandtschaft gedacht, denkt er, sein Bruder wirft ihm einen fragenden Blick zu. Hinterher Geld in Umschlägen für die Bestattungskosten, er fühlt keine Trauer, nur bewegt ihn der Abschluss eines irdischen Lebens. So geht alles zu Ende, denkt er. Früher haben ihn Beerdigungen immer getröstet, weil darin das Größere, Umfassende zum Vorschein kam, dass sie alle umgibt. Nun hat er eine konkrete Hoffnung und darf von ihr erzählen.

Der Bruder geht hinterher mit den Kusinen noch Kaffeetrinken, sie fahren nach Hause.

»Bin ich jetzt Waise?«, fragt er seine Frau im Auto. »Oder wie nennt man das, wenn einer mit Mitte fünfzig keine Eltern mehr hat?«

»Vermisst du ihn?«

»Ja, er wird mir fehlen. Auch wenn ich weiß, dass es ihm dort, wo er jetzt ist, besser geht. Aber ich habe das Gefühl, die Welt ist leerer geworden ohne Eltern. Eine verlässliche Stütze meines Lebens fehlt nun. Nun bin ich allein.«

Wiesengrund, denkt er. Ein Wort, das Bilder herauf beschwört. Unter Linden, wo wir uns finden, Eichengrund und Grundwasser und Grundstein. Heimat eben. Dort ist mein Haus, dort zog ich in mancher stillen Stunde mit drängenden Fragen hinaus. Ein Bächlein stelle ich mir vor, das will beleben den heimlich trauten Ort, es kommt durch die Aue und murmelt fort. Schattenkühle im Sommer, Heu auf den Wiesen, das Geglucker und Gegurgel des Wassers. Eine Brücke, über deren Geländer ein Bub hängt und den Fischen zuschaut. Eine Mühle, die den Bach staut und das Mühlrad treibt. Mädesüß duftet, die Brennnesseln locken Falter an. Oben die Talhänge im Wald, natürlich will ich auf die Höhe hinauf, denkt er, schon als Kind. Über den Rand gucken und sehen, was dahinter liegt. Der Ferne bin ich nachgezogen als Erwachsener. Hab in ihr gelebt. Bin zurückgekehrt. Was bleibt, ist der Heimathauch im kühlen Abenddämmer, wenn man draußen sitzt in der Sommerlindigkeit, die Geräusche nah, und wieder an Heimkehr denkt. Diesmal für immer.

Er setzt sich an den Rechner. Er ist froh, schreiben zu können. Sehne ich mich?, fragt er sich. Immer. *Sehnst du dich immer*, sagt Augustinus, *betest du immer.*

Seine Frau muss zu einem Noteinsatz und kommt erst gegen sieben nach Hause. Im Fernsehen sprengt sich ein Selbstmordattentäter in die Luft. Er ist wütend. Draußen regnet es, es hat abgekühlt.

Der Mann mit der Mütze streift nicht mehr über die Alb. Der Gedanke daran treibt ihm Tränen in die Augen. Noch immer rührt ihn dieses einsame Leben, das still zu Ende ging. Gott hat es gesehen.

Der Morgen, nachdem man in der Nacht das Werk fertiggestellt hat, denkt er. Hell, nüchtern, alles ein wenig verwandelt. Ein heimlicher Festtag. Man geht wie Rumpelstilzchen. Ein Stück Ewigkeit geschaffen, allein mit sich und seinem Gott. Wieder ein Roman, den er veröffentlicht. Es werden immer mehr. Manche Manuskripte schickt er erst gar nicht an seinen Agenten. Veröffentlicht sie gleich. Er bekommt Routine darin, die Reihe mit seinen Büchern im Regal wächst.

In den Weinbergen nisten die bunten Bienenfresser aus Afrika.

Ein letztes Mal Feuermachen auf der Alb. Mit den Schulfreunden aus dem Nachbarort. Der September ist noch warm und trocken, ein richtiger Spätsommer. Der Schulfreund und seine Frau machen Feuer mit dem Kaminholz aus dem Kofferraum, die Schulfreundin richtet alles her, was sie mitgebracht hat. Salat, griechische Fleischklößchen, Brötchen.. Der Wald umgibt sie, Vögel rufen, das Feuer beginnt zu knacken und zu prasseln, die Flammen schießen hoch im Reisig der alten Weihnachtsbäume. Dann sitzen sie, spießen das Grillgut auf, das Fleisch, die Würste, der Schulfreund isst seine Oberländer mit Curry ohne Ketchup. Er lässt wieder den Bügelverschluss von seinem Zwickelbier knallen, ein lautes *Popp*, dann das Geklingel des Porzellankopfes gegen das Glas. Der Trank schmeckt würzig und bitter, passend zum Feuer. Es gibt Tomaten, Gurken und Radieschen, sie haben Kohlrabi mitgebracht, und die Freundin hat zum Schluss Maiskolben besorgt, mit Butter eingerieben. Sie halten das Mahl gemeinsam, jeder für sich, unterbrochen von den Grillpausen. Sie reden, friedlich. Sie sprechen über Geigen und Klezmer, Campus Galli und das Rätsel der Tempeltänzerinnen, die Drei Fragezeichen und das Tattoo ihrer ältesten Tochter. Der Schulfreund erzählt, wie er beim Bund das Pershing-Lager in Haid bewachte, und er erzählt die Anekdote von Zen und Rosamunde. Sie lachen, scherzen, treiben Wortspiele. Es ist wie früher, denkt er.

Er merkt: Die beiden führen ein ruhiges, erfülltes Leben. Sind oft auf der Alb unterwegs, der Schulfreund kennt die Feuerstellen, die Waldundwiesensträßchen, er weiß auch, warum Wasser das Feuer löscht und dass reines Wasser keinen Strom leitet. Er erfüllt seine Berufspflicht seit dreißig Jahren, geht auf die Rente zu, repariert Taschenuhren, ist immer ruhig und flucht nicht. Wenn er einmal am Rechner »Scheiße« sagt, ist eine mittlere Katastrophe passiert. Er bewundert und beneidet ihn ein bisschen. Vielleicht eine Vaterfigur?, denkt er. Die Freundin besorgt den Haushalt, man lässt sich gerne von ihr umsorgen, sie ziehen ihre Kinder groß in ihrem Häuschen mit dem Garten - das alles vermittelt eine Geborgenheit, die selbst seine Frau spürt und die sie hinein nimmt an diesem Abend, die ihnen Heimweh macht in dieser gefallenen Welt.

Sie reden über seine neuesten Bücher, die Freundin findet es schade, dass er nicht bei einem richtigen Verlag veröffentliche. Sie spricht von Verkaufszahlen und Geld, das herein komme, und das ernüchtert ihn. Er sieht sich plötzlich mit deren Augen: mittellos, erfolglos, hat keine Tochter, der er eine Geige für mehrere tausend Euro kauft, weil sie begabt ist, haben für ihr neues Auto gerade so das Geld zusammengekratzt, ganz kleinlaut wird er da ich mit seinen zwanzig Buchtiteln und seinen Wirklichkeiten. Die Freunde haben ihr Leben ordentlich gelebt, haben Ziele erreicht und vielleicht Träume erfüllt – und er?

Er sucht bei ihnen heute Anerkennung und Wertschätzung, merkt er, und findet sie nicht. Hier kann er nicht großtun mit seiner Schriftstellerexistenz und seinen fünfhundert Euro Nachzahlung von VG Wort. Hier kann er nicht kommen mit seinem Leben, das seinen Frieden in Gott hat. Hier muss er feststellen, dass alles, was er erreicht hat, das Überleben ist. Er kommt gerade so durch. Ehrgeizigere Ziele braucht er sich gar nicht erst zu setzen. Viele Gaben, aber eine kleine Kraft, durchkreuzt von einer Krankheit. Das macht ihn traurig. Dieser Lebensentwurf der beiden, dem er sich da gegenüber sieht, setzt ihn Matt. Er lässt ihn zweifeln, ob das, was er sich als seine Existenz hier unten eingerichtet hat, richtig ist. Ob er sich nicht etwas vormacht, sich vor etwas drückt.

Wie die Freundin, die nicht mehr arbeitet und sich mit Mutter und Hausfrau begnügt.

Als es im Wald dämmert und seine Frau kein dünnes Holz mehr hat, um das Feuer hochlodern zu lassen, sitzen sie zu viert, zwei Paare, jeder der Männer seine Frau im Arm, und lauschen dem Ausklang ihres Freundschaftsabends. Dann brechen sie auf. Verabschiedung im Dunkeln. Umarmung. Ja, geht zurück in euer beneidenswertes Leben, denkt er. Ich fahre heim mit meiner Gefährtin, einsam und still. Es bleibt neben der freundschaftlichen Geborgenheit ein Heimweh, das sie beide bis in den nächsten Tag begleitet.

Tagundnachtgleiche. Herbst-Äquinoktium. Er sieht's auf dem Kalender. Jetzt werden die Tage wieder kürzer als die Nächte, denkt er. Die Zeit der Einkehr kommt, der frühen Dunkelheit. Diesmal können wir richtig Weihnachten feiern.

In den Gasthöfen auf der Alb finden sich jetzt Schlachtplatte und Kesselfleisch mit Sauerkraut auf der Karte. Auch so ein saisonales Ding, denkt er.

Sie kommen vom Einkaufen und laden die Sachen auf dem Parkplatz aus. Es ist schon dunkel geworden. Auf einmal ist ein Lärm um sie her.

»Findet da irgendwo eine Halloweenparty statt?«, wundert er sich.

Dann hört er es deutlich: Vogelschreie. Über ihnen in der Luft: Gänse. Sie ziehen unsichtbar im Abendhimmel über sie hinweg. Ein riesiger Schwarm, alle rufen einander, bekunden die Aufregung, suchen einander.

»Ob die sie vom Teich im Wald kommen? Oder haben sie sich in den Wiesen beim Stadion gesammelt?«

»Ich glaube«, sagt seine Frau, »die kommen von weiter her.«

Manchmal sieht er einen Schatten an den Sternen vorbei ziehen. Sie brechen auf, denkt er. Sie ziehen nach Süden. Der Winter steht vor der Tür.